들꽃처럼
피어나라
꽃의봄날

30년 교사 이성대의 교육 이야기

들꽃처럼
피어나라
꽃울의봄날

2018년 3월 12일 제1판 제1쇄 발행

지은이   이성대
펴낸이   강봉구

펴낸곳   작은숲출판사
등록번호 제406-2013-0000801호
주소   경기도 파주시 신촌로 21-30(신촌동)
전화   070-4067-8560
팩스   0505-499-8560
홈페이지 http://cafe.daum.net/littlef2010
페이스북 http://www.facebook.com/littlef2010
이메일   littlef2010@daum.net

©이성대

ISBN 979-11-6035-043-2   03810
값은 뒤표지에 있습니다.

30년 교사 이성대의 교육 이야기

들꽃처럼
피어라
꽃은의봄날

이성대 지음

머리말

들꽃처럼 피어나는 교육의 봄날을 위하여!

봄이란 한라산 들머리에서 백두산 상상봉까지 방방골골 가득히 찾아오는 것이어서 겨울 천지에 인사동 골목에만 오는 봄은 불가능하다. 두루두루 어느 한 곳, 봄 아닌 곳 없이 환한 어느 봄, 온천지 가득 진달래가 붉게 피어나고 아지랑이가 환호하는 봄날! 우리가 바라는 교육의 봄날도 온 세상 가득한 봄으로 찾아오는 그런 것이리라!

'학교는 거짓 아닌 참으로만 오로지하고 세상은 사람을 사람답게 대접하는 곳이었으면'하는 꿈은 세상의 개벽을 꿈꾸는 거대한 소망일지도 모른다. 교문 밖을 한 발만 나서도 온통 부조리한 세상 속에서 학생들에게 진실과 정의와 우애를 아무리 열렬히 가르친다 하여도 '세상 교과서'의 벽을 어찌 넘을 수가 있을 것인가 싶기도 하다. 그러함에도 평생 교사로 살아오면서 '교육만은 제발 제대로 바뀌었으면'하고 꿈을 꾸었다. 눈망울 맑은 아이들이 구김살 없이 드높은 미래를 설계하고 만들어 갔으면 했다. 환하게 피어나는 교육의 봄날을 꿈꾸는 교사들과, 모든 사람들과 교육이야기를 함께 하고 싶었다.

결국 교육의 봄은 모든 아이들을 들꽃처럼 흐드러지게 피어나도록 가꾸는 교육, 학교가 되는 날이라고 말하고 싶다. 교육 아닌 모든 껍데기들을 깨끗이 쓸어내고 진리와 정의와 평등과 인간애의 꽃들로 가득한 교정을 꿈꾼다. 교육의 봄을 꿈꾸는 것은 바로 세상의 봄을 꿈꿈과 다르지 않을 터, 우리 안에 가득한 봄의 움들이 피어나려고 뜨겁게 꿈틀거린다. 1년 전의 온 겨울, 우리 모두를 광장에 나가게 만든 것도 바로 우리 안의 봄의 꿈틀거림이 아니었을까?

처음으로 들어선 교실에서 학생들이 왜 교사가 되었느냐고 물었다. 진실을 말하고 싶다고 대답했다. 진실은 어디에 버려졌을까? 조금씩 겨울을 걷어내고, 한 걸음씩 인간을 말하게 되면서 '이념 논쟁', '색깔론'의 찬 기운이 작은 봄의 기운마저도 걷어내 가려고 하였다. 남북의 분단과 대결 속에서 정치와 경제는 물론이고 삶의 거울이라고 할 수 있는 문화와 정신세계에서도 일그러진 모습은 어쩔 수가 없었고 교육도 예외일 리가 없었다. 학생들과 인간의 면모로 만나기를 원하는 전교조 교사들을 몰아세우고, 역사교과서를 국정화하겠다고 날을 세웠다. IMF 찬바람이 휩쓸고 지나간 자리에는 '인간' 대신에 '경제'가, '돈'이 경쟁력이니, 인적 자원이니 하면서 주인 자리를 차지하였다. 더 큰 어려움은 사실 교육에 스며든 경제논리와의 싸움이다. 교육도 소비재이니 소비자에게 선택권을 주자면서, 경쟁을 통하여 저비용 고효율을 달성해야 한다느니 하는 '교육 아닌' 교육 논리와 싸우는 형편이다.

하여 나는 평생을 교단에서 보낸 교사로서 국민 앞에 상소문을 올리는 마음으로, 이 책을 썼다. 교육은, 학교는, 교실은 거짓 없어야 하고, 인간을 수단이 아니라 목적으로 삼아야 하지 않느냐고 말을 건네고 싶었다. 글자 하나하나가 마음을 울리며 읽히길 바랐다. 교육 현장에 서서 살아온 사람이 직접 학생들과 살 부비며 나누었던 이야기도 올리고, 이것저것 부딪혔던 교육 현안들에 대해서도 이야기 하면서 함께 교육현실을 살펴보자고 하였다. 오래 전에 썼던 글도 그대로 실은 이유는 글을 쓰던 당시의 마음을 그대로 전달하고 싶기 때문이다.

조촐한 이야기를 마련해 놓고선 서두만 거창해졌나 보다. 이나마 교육이야기가 세상에 나오게 된 것은 모두 함께 손잡고 교육답게 살아온 참교육 동지들의 힘이요, 척박한 가운데서도 들꽃처럼 아름다웠던 제자들의 생명력이요, 이 땅 어려운 현실에 맞서 투쟁해 온 모든 이들의 삶의 힘이다. 그 모든 분들께 감사를 드린다.

그리고 촉박하게 책을 내는 과정에서 세세하게 원고를 읽고, 부족한 부분을 이야기해 주고 고쳐준 참교육동지이자 든든한 동반자인 나의 아내에게 큰 고마움을 전하고 싶다. 바쁘게 책을 내게 되었음에도 원고를 꼼꼼히 살피고, 표지부터 본문까지 우아하게 꾸며 주신 작은숲에도 진심으로 감사를 드린다.

2018년 2월
이성대

추천사 1

교육개혁의 희망을 불러일으키길

얼마 전에 이성대 선생님이 사무실로 찾아왔다. 그동안 교사로서, 교육운동가로서 겪어 온 이야기를 다듬어 책을 내려고 하는데 추천사를 좀 써 달라고 했다. 좀체 추천사 같은 걸 쓰길 내켜하지 않지만, 그가 평생을 교단에서 실천해 온 이야기를 담은 책을 낸다는데 거절할 수가 없었다. 원고를 받아서 읽어보니 학생들을 참 좋아하는 교사였을 것 같다. 사대를 졸업하고 내가 걸을 수도 있었던 교사의 길이 이런 것인가 하는 생각에 마음이 촉촉해졌다. 성적이 뒤처지거나 학교생활에 적응하지 못하는 학생들을 배려하는 마음이 아름다웠다. 늘 우리 교육을 어떻게 바꿀 것인가 고심해 온 흔적은 그가 타고 난 교육운동가라는 것을 보여주었다.

이성대 선생님은 서울대학교 역사교육과 동문 후배로서 1980년대 군사독재시기를 같이 겪었던 사이이고 뒤늦게 학교에 복학했던 나와 1년을 가까이 같이 학교를 다녔다. 이성대 선생님은 전교조 창립에 앞장섰다가 4년 반 동안이나 해직되어 어려움을 겪었다. 1989년 전교조를 만들 당시 많은 역사교육과 동문들이 참여하고 해직되어 당시 서울의 중고교에는 젊은 역사교사들을 찾아보기 어려울 정도라는 말까지 있었다. 1994년에 복직 후에도 꾸준히 전교조 활동을 해 왔고, 지금 또 5년 째 해직교사로서 전교조 곁을 지키고 있다.

이 선생님은 젊은 날부터 한길로 전교조의 깃발을 지켜온 교육운동가, 노동운동가이자 역사 교사이다. 그가 살아온 교실 이야기, 학교 이야기, 교육이야기는 어려움을 직시하되 어둡지 않다. 거기에는 제자들에 대한 사랑과 인간에 대한 믿음과 보다 나은 교육, 보다 나은 사회에 대한 의지와 희망이 배어 있기 때문이다.

2007년 내가 민주노동당의 대통령후보 당내 경선에 출마할 때 이 선생님을 다시 만났다. 교육 분야 공약을 함께 가다듬었다. 그 때 정리했던 "사람 잡는 7가지 교육현실과 사람을 살리는 7가지 교육공약"

도 책에 신겠다고 해서 흔쾌히 동의해 주었다.

보다 나은 교육을 꿈꾸는 모든 사람들, 학생, 학부모, 교사, 교육공무원들에게 이 책이 마련한 토론의 장에 들어와 보기를 권하고 싶다. 이 책이 많은 사람들에게 교육 개혁의 희망을 불러일으켰으면 한다. 하여 우리 교육이 들꽃처럼 피어나는 봄을 맞는 날이 하루 바삐 왔으면 한다. 그리고 교육의 봄날을 위하여 조금도 긴장을 늦추지 않고 교사의 길, 교육운동가의 길을 가려는 이 선생님의 큰 꿈이 꼭 이루어졌으면 한다.

심상정(국회의원)

추천사 2

선비 이성대, '부드러운 직선'

뒷산의 너그러운 능선과 조화를 이룬 유려한 곡선의 집 한 채는 곧게 다듬은 나무들로 지어졌고, 뒷산 품에 들어 있는 절집도 굽은 나무로 지어져 있지 않다고, 휘어지지 않은 정신들이 있어야 하는 곳마다 자리 잡아 지붕을 받치고 있다고 〈부드러운 직선〉이라는 시는 노래한다. 전교조 해직교사 출신 장관인 도종환의 시이다.

이성대, 동료들은 그를 '선비'라고 말한다. 부드러운 직선 같은 선비. 고교와 대학을 장학금으로 마친 전형적인 흙수저로 피와 땀과 눈물로 '무명교사 예찬사'를 실천한 사람. 숱한 어려움 속에서도 직선인 듯 곡선인 듯 단정함을 잃지 않고 걸어온 길이 이 책에 담겨 있다. 그의 교단 개인사, 교육노동과 수업지도, 전교조 설립과 교육운동, 입시

경쟁과 역사교육, 참교육과 교육민주화, 특권교육과 보편교육, 학습노동과 인성교육, 교육과 정치 등의 체험을 망라했다.

이성대 선생과는 1999년 전교조 관악동작지회장을 맡고 있던 때에 만나 그 인연이 20년이 되어간다. 이후 나는 교육위원으로, 이성대 선생은 전교조 간부로 서로 다른 역할을 맡기도 하였지만 그의 올곧은 성품에 항상 마음 든든하였다.

우리 교육에는 해결할 문제가 한두 가지가 아니다. 역대 정부가 공교육 정상화를 표방하였지만 핵심인 대학입시는 방법만 바꾸며 본질은 비껴갔다. 한국교육의 단골메뉴인 경쟁 줄이기와 교육다양화는 늘 아전인수다. 자율화 논쟁의 종점은 대개 보수와 진보의 이념 대립으로 귀착된다. 그러다 보니 갈등만 높고 해결은 요원하다. 지금 우리 교육엔 변화가 절실하다. 초·중등 교육의 목적은 민주시민을 양성하는 것이다. 이를 위해서는 대학 입시에 종속된 교육을 정상화해야 한다. 흔히 교육의 주체는 교사, 학생, 학부모라고 한다. 교육의 정상화를 위해 초·중등 교육은 이들에게 돌려주자. 차제에 대학으로부터 보통교육의 독립을 선언하자. 이제 서울 교육에도 변화가 필요하다.

우리 교육의 문제점에 고심하고 그것들이 해결되는 교육의 봄날을 꿈꾸는 이성대 선생의 목소리가 들리는 듯하다.

『들꽃처럼 피어나라 교육의 봄날』을 읽으면 교육현실을 논하게 된다. 이성대 선생이 걸어온 교육일대기에 고 신영복 선생의 명언을 입혀, 입시와 사교육에 종속된 현실을 치유하자.

"가르친다는 것은 다만 희망을 말하는 것이다."

최홍이(전 서울시의회 교육위원장)

차례

1부
학교
이야기

**2부
교육의 봄을
위하여**

3부
참교육의 깃발,
전국교직원노동조합!

4부
교육만 남고
껍데기는 가라!

내 인생의 아이들

도망치다 멈춘 아이들

이겨냄과 기다림

나를 길러 준 두 모교, 법성상고와 군산제일고

이광웅 선생님을 생각하며

1부
학교
이야기

내
이생의
아이들

그 해에 중3 담임을 맡았다. 키가 크고 선량하게 생긴 용호는 왠지 힘이 없어 보인다. 그리고 언제부턴가 공부보다는 또래들과 어울려 다니기를 좋아하는 눈치였다. 몰려다니면서 담배도 피우고⋯. 아이의 환경조사서를 다시 살펴보았다. 어머니와 대학생인 누나하고 셋이서 사는 가족이었다.

이혼한 부모들이 한 반에 5명~10명에 이르는 상황이어서 물어보기가 어려웠다. 용호 어머니께 전화로 조심스럽게 집안 사정을 들었다. 용호 아버지는 중견 기업의 회사원이었는데 그만 몇 해 전에 교통사고로 갑자기 세상을 떠나셨다는 것이다. 어머니께 아버지 사진을 거실 같은 곳 잘 보이는 곳에 걸어 두고 기회 있을 때 아버지가 어떤 분이었는지 이야기를 들려 주어 아버지를 마음속 롤

모델로 삼도록 해 주는 것이 필요하다고 말씀 드렸다. 한창 아버지가 필요한 나이에 마음을 잡기가 쉽지 않을 용호가 안쓰러웠다.

중간고사가 끝나고 용호를 불렀다. 아버지가 어떤 분이셨는지, 아버지하고의 어떤 기억이 나는지 물어보았다. 아버지가 자기를 참 예뻐해 주셨고 지금도 보고 싶다고 했다. 용호는 잠시 말을 잊지 못했다.

"용호야, 아버지가 하늘나라에서 항상 너를 지켜 주고 계실 거야. 용기를 내어 씩씩하게 살아야 한다. 이젠 네가 적은 나이가 아니니 어머님과 누나에게 힘이 되어야 한다. 두 분은 너를 의지해 사실 것이다. 하늘나라에 계신 아버지를 생각하면서 이제j부터는 더 마음을 굳게 먹고 학교생활도 씩씩하게 하고 공부도 더 열심히 해야 한다."

이렇게 말하면서 용호의 손을 잡아 주었다.

용호는 매번 시험을 볼 때마다 성적이 크게 올랐다. 처음에는 중간 정도였던 성적이 졸업 시험에는 몇 손가락 안에 들 정도였다.

졸업식이 끝난 후 반별 모임도 다 끝나서 아이들을 내보내고 혼자 교실에 앉아 있었는데, 용호 어머니와 누나가 다시 들어오셨다. 선물로 와이셔츠를 사오신 거였다.

"선생님 너무 감사했습니다. 용호가 선생님께서 '아버지 대신 어머니와 누나에게 든든한 기둥이 되어야 한다.'고 하셨다는 말을 했어요. 그 이야기를 들으면서 저희들 셋이 붙들고 많이 울었답니다. 그리고 그날 이후로 용호가 많이 달라졌어요. 선생님을 만나서 우리 용호가 마음을 잡았습니다. 정말 감사합니다."

　용호 어머니의 이야기를 들으며 가슴이 먹먹해졌다. 많이 의젓해진 용호를 다시 한 번 힘 있게 안아 주었다.

　수업을 마치고 교무실을 들어서니 교감 선생님이 부르신다. 3학년 반 화장실에서 난리가 났었다. 환풍기 통에서 연기가 나서 기사님들이 호스로 물을 쏟아 부어서 겨우 불을 껐다. 큰일 날 뻔했다. 틀림없이 담배를 피우다 안 끄고 집어넣어서 불이 난 것일 거다. 그러니 지난 시간에 수업에 늦게 들어온 학생들을 중심으로 '범인'을 잡아내라는 지시다. 고등학교 입학 원서를 다 내고 난 뒤의 중학교는 다소 어수선하다. 3학년들은 방학까지 수업 시간에 산업체 견학을 간다든지, 명화를 감상한다든지 특별 프로그램을 편성하여 겨우 겨우 아이들을 붙잡아 두는 형편이다. 이런 가운데 사단이 일어난 것이다.

　생활지도부 교사를 하면서 가장 하기 싫은 게 학생들을 의심하여 닦달하는 식으로 '범인'을 잡아내는 일이다. 겨우 맘을 먹고 그날 각 반에서 수업에 늦게 들어간 학생들을 몇 명 가려 내어 교무실로 불렀다. 우리 반 아이 한 명을 포함하여 서너 명을 조사했지만 모두들 자신은 담배를 안 피운다. 그런 일 없다고 했다. 난감했다. 담배꽁초를 제대로 끄지 않고 환풍기 통에 집어넣는 바람에 불이 났을 것으로 짐작하는 것인데 그것을 옆에서 본 학생이 있을 리도 없고. 교사들은 학생을 불러 잘못이 있으면 사실대로 이야기 해 달라고 설득하는 것 외에 도리가 없다. 심증만 가지고 학생을 윽박지르다가 만에 하나 억울한 학생을 만들어 내면 어떻게 할 것인가? 학생이 결백을 주장하면 '나는 네 말을 믿는다.' 하는 게 교육하는 사람이 가져야 할 자세라고 생각한다. 결국 교감 선생님께 "못 찾았습니다."고 보고했더니 좀 더 찾아 보라고 하신다. 그러고선 하루 이틀 지나 교무실에서는 생활지도부 교사가 아닌 다른 3학년 담임 선생님이 교감 선생님의 지시를 받아 '범인'을 찾아냈다는 말이 돌았다. 교감 선생님이 아무개가 한 것으로 밝혀졌으니 선도위원회를 열어 처벌하라고 하셨다. 다름 아닌 우리반 아이 훈이였다. 나는 일언지하에 못한다고 거절했다. 학생이 안 했다고 하면 믿어 주는 게 교육 아니냐고 했다.

"선생님 반 아이라고 무조건 감싸는 거냐?"

"제가 언제 편파적으로 사안을 처리한 적이 있습니까?"

고성이 오갔다.

그런 일이 있은 지 얼마 후 졸업식이 있었다. 졸업식이 끝나고 교실을 정리하고 있는데 훈이와 부모님들이 다시 인사를 하려고 들어 왔다. 감이 왔다. 웃으며 아이에게 "네가 그랬니?" 했더니 작은 소리로 "예, 선생님 잘못했습니다." 했다. 훈이 아버지가 "제가 많이 혼냈습니다. 자신을 믿어 주시는 선생님을 속인 것을 반성한다고 했습니다. 선생님 감사합니다."

훈이를 따뜻하게 안아주었다.

"말해 주어서 고맙다. 앞으로 더 정직하게 살아야 한다."

거친 남학생들을 계속 가르치기보다는 여학생들을 좀 가르쳐 보고 싶었다. 마침 정기 전보 시기가 와서 원하는 학교를 1, 2, 3 지망 모두 여중으로 썼더니 신림여중으로 발령이 났다.

여학교 부임 첫 해에는 많은 시행착오가 있었다. 하지만 여선생님들께 조언을 받으면서 조금씩 적응해 나갔다.

친구들이 보는 데서 학생을 혼내지 말 것, 한 학생에게 시선을 집중하지 말고 고루 관심을 기울일 것, 지적 보다는 간접적인 표현을 할 것(오늘 내 수업이 재미없었지? 등), 한번 사이가 틀어지면 좀체 관계를 회복하기 어려우니 화가 나도 끝까지 자제할 것 등등 여학생들을 대할 때 어떻게 해야 하는지를 듣고 노력을 했다. 그 결과 다음 해부터는 아이들과 훨씬 잘 지낼 수 있게 되었다. 그러나 여학교에서 남 교사는 학생들에게 밥이 될 수밖에 없었다. 생리통으로 조퇴하고 싶다고 하면 그냥 허락을 해야 했다.

한번은 세 아이가 같이 조퇴를 신청했다.

"선생님, 친한 친구들끼리는 날짜도 같아져요."

그러냐고 허락을 해 주고 나서 여선생님들한테 얼마나 책망을 들었는지….

그 해에 2학년 담임을 맡아 교실에서 아이들과 첫 대면을 하던 날이었다. 서로 자기소개들을 한 후에 임시 회장을 지명했다. 임시 회장은 보통 1학년 때 회장이나 부회장을 맡았던 학생에게 시키는 일이 많았는데, 35명 중 한가운데 번호인 18번 미진이를 불러 세우고 "네가 임시 회장을 맡아서 수고를 해 주어야겠다. 내게 알려야 할 일이 생기면 네가 교무실로 오너라."고 부탁을 했다.

그런데 바로 미진이가 회장 선거에서 당선이 되었다. 우연의 일 치였을까? 임시 회장을 맡았던 게 영향을 미쳤을까? 미진이는 공부 하는 것을 싫어하는 학생이었다. 개별 상담 때 자기는 공부하는 게 싫다. 학원에도 안 다니고 집에서도 공부는 안 한다고 했다. 그러 나 두름성이 좋고 싹싹하여 우리 반에 들어오시는 교과 담임 선생 님들과 금방 친해지는 능력을 보였다. 한 달, 두 달이 지나면서 학 생회장이 반 분위기를 잘 만들어 모두들 즐겁게 생활을 하는 게 보 여 적이 마음이 놓였다. 담임교사는 아침 조회 시간, 오후 종례 시 간, 자기 반 수업 시간에만 교실에 들어가게 되니 회장의 역할이 중요했다.

몇 달이 지나 학생들과도 관계가 형성되고 한 시름 놓을 만한 때 에 사단이 일어났다. 아침에 교무실에 출근하니 어제 2학년 학생 들 간에 집단 패싸움이 있었다고 한다. 여학교에서인지라 꽤나 큰 일이 되고 있었다. 더욱이 우리 반 회장 미진이도 포함이 되어 있 었다. 하루 종일 생활지도부가 불이 나고 조사와 처벌이 이루어졌 다. 조사 결과 애초에 전달받은 것보다는 심하게 싸운 게 아니어서 가담 학생들에게 봉사활동을 몇 시간씩 하도록 하는 정도의 처벌 이 결정되었다. 그런데 우리 반에 문제가 생겼다. 회장을 새로 선 출해야 한다는 것이었다. 가벼운 처벌이라도 받으면 학생회 간부 를 그만두어야 한다는 거다. 미진이 이야기를 들어 보니 같이 놀던 친구들이 할 말이 있다고 같이 가자고 해서 같이 간 것뿐이라고 했다. 너무 과하다고 버텼다. 계속 미루었다. 그랬더니 어느 날 생활지도부장 선생님이 사회 시간을 이용하여 새로 회장을 뽑았다. 부장 선생님과 평소 사이가 좋았던 터여서 크게 항의를 하지는 않았고, 넘어갈 수밖에 없었다.

2003년 사직동 사무실 전교조 서울지부에서 사무처장으로 일하면서 정신이 없이 지내던 중에 스승의 날이 돌아왔다. 고등학생이 된 미진이와 몇 명의 친구들이 신림동에서 멀리까지 찾아와 주었다. 나는 그냥 잊고 있었는데 미진이는 끝까지 자신을 지지해 준 담임 선생님이 참 고마웠다고 했다.

그리고 몇 년이 흘렀다. 또 해직이 되어 노조 사무실로 출근을 하고 있는 상황이었는데 미진이가 연락이 왔다. 선생님을 뵙고 싶었다고…. 약속을 정해 이제 성인이 된 미진이를 반갑게 만났다. 그 사이에 미진이는 배화여대를 졸업하고 일본어를 열심히 공부하여 일본에 어학연수를 다녀온 후에 공항에서 근무하고 있었다. 중학교 때 성적으로는 서울에 있는 대학에 갈 수가 없었는데, 더욱이 일본어를 그렇게 잘 하게 되다니 참으로 대견스러웠다. 아이들은 스스로 하려고 하면 잠재되어 있던 능력이 나온다는 것을 실감하였다.

미진이는 그 이후로 스승의 날이나 시간이 날 때면 연락도 하고 찾아와 주기도 한다. 교사로 많은 학생들을 만나게 되지만 서로 정을 나누고 진심이 통하는 제자들은 참으로 귀하기만 하다.

도마치다
멈춘
아이들

김영삼 문민정부 시기였던 1994년, 전교조 창립에 가담했다가 해직된 지 4년 반 만에 다시 학교로 돌아올 수 있었다. 다시 교직생활을 하게 된 곳은 서울대입구역 사거리에서 숭실대로 넘어가는 고개 오른쪽 주택가에 자리 잡은 상도중학교였다. 큰길에서 10여 분을 걸어 들어가야 할 만큼 교통이 불편하여 대부분 교사들이 선호하지 않는 학교였으나 모처럼 다시 시작하게 된 학교생활인 데다가 다소 거칠지만 소박한 아이들이 마음에 들었다.

교직생활을 하면서 거의 대부분을 생활지도부 교사로 보낸 것 같다. 그렇지만 부장교사는 단 한 번도 한 적이 없다. 교무부나 연구부 같은 부서에 있거나 부장교사를 맡다 보면 싫든 좋든 교육부나 교육청에서 내려온 공문을 처리해야 하는데, 그런 자리가 영 마뜩치 않았기 때문이기도 했고, 교사는 아이들과 씨름하면서 살아야 한다는 생각 때문이기도 했다.

생활지도부 교사로 지내다 보면 크고 작은 말썽을 부리는 아이들을 자주 만나게 된다.

수업을 마치고 잠시 쉬고 있는데 주민의 신고 전화가 울렸다. 학생들이 하굣길에 모여 담배를 피우고 있다는 거였다. 얼른 운동화를 신고 쪽문을 나섰다. 저만치 대여섯 명이 모여 담배를 피우는 게 눈에 들어 왔다. 방과 후의 해방감을 만끽하나 보다 생각했지만 학교 근처에서 공공연하게 담배를 피우게 내버려 둘 수는 없는 일이었다. 지나가는 행인처럼 태연히 다가가니 선생이 오는 줄을 모르다가 누군가 "야, 선생님이다!" 소리를 치니 아이들은 깜짝 놀라서 달아나기 시작한다. 당시 삼십대 중반 나이였으나 몸이 빠른 남자 아이들인지라 잡으러 쫓아가는 나와 거리가 쉽게 좁혀지지가 않았다. 그런데 한 아이가 "야, 우리 그만 가자. 선생님 힘드시잖아!" 이러더니 아이들이 멈추어 서는 게 아닌가! 천천히 아이들 앞으로 향하면서 나도 모르게 웃음이 나왔다. 아이들에게 "왜 계속 도망가지, 잡히면 처벌 받을 텐데…." 그랬더니 긴장을 풀고 그제서야 웃는 얼굴들이다. "좀 안 피울 수 없냐? 그리고 하굣길에 이렇게 공공연히 담배를 피우면 되냐?" 몇 마디하고 그대로 아이들을 보내 주었다.

생활지도부 교사들은 교내 형사(?)다. 일단 사안이 접수되면 진술서를 주고 언제, 어디서, 누구와 무슨 일이 있었는지를 써 내도록 한 다음 조목조목 자세한 것들을 물어 어떻게 처리해야 하는 일인지를 판단해 낸다.

수업을 마치고 교무실에 와 보니 3학년 아이들에게 맞았다고 일러바치러 온 애들이 두어 명 와 있다. 물어보니 어제 친구들이랑 놀고 있는데 3학년 형들이 와서 때렸다는 것이다. 바로 가해 학생 3명을 데려왔다. 말썽 피우던 아이들도 아니고 몸집이 큰 아이들도 아니었다. 진술서를 쓰라고 할 것도 없이 바로 물어보았다.

"왜 후배들을 때렸어?"

"제가 반팔 티셔츠 입고 지나가는데 쟤들이 '미친 새끼 아냐? 한겨울에 웬 반팔이야!' 면서 욕했어요."

한 아이가 이유를 댄다.

"그래서?"

"그래서 제가 혼자는 안 되겠어서 제 친구들을 불러서 혼내 준 거예요."

"너네들은 왜 3학년 형한테 욕하고 그랬어?"

"키가 작아서 2학년인 줄 알았어요."

"잘 보고 이야기를 해야지. 잘못했네. 3학년 형한테…."

"그리고 반말한다고 그렇게 심하게 때리면 쓰냐?"

"몇 대 안 때렸어요."

"많이 안 때렸어?"

"예."

"많이 안 맞았어?"

"예."

"그럼 그냥 가! 남이 반팔을 입든, 긴팔을 입든 욕한 것도 잘못했고, 3학년 형한테 잘못했지?"

"예."

"그리고 너희 3학년들, 담부터는 1, 2학년 동생들 말로 하고 때리지는 말아야 한다."

진술서를 쓰게 했지만, 직권으로 선도위원회를 여는 것을 생략해 버렸다. 아이들도 큰 불만은 없는 눈치였다.

이겨냄과 기다림

    상도중학교에서 또 해가 바뀌었다. 2학년 2반 담임이 되고, 나에게 37명의 '새 새끼'들이 맡겨졌다. 37명의 아이들의 가정환경조사서를 하나하나 넘겨 보면서 아이들의 사진과 부모님의 이미지를 떠올릴 때는 새삼스러운 기대와 옅은 긴장감이 교차했었다. 37명의 내 새끼들 중 어느 하나 튀지 않는 녀석이 없지만 한 학기를 지내고 또 다시 새 학기를 맞는 지금 나로부터 가장 많은 애증과 관심을 받고 있는 녀석을 꼽으라면 단연코 석이가 으뜸일 것이다.

    석이. 초등학교 2학년 때 부모님이 이혼을 했다. 계모에게 맞는 게 싫어서 재가한 어머니에게 찾아가 같이 살겠다고 떼를 썼고 대신에 의붓 형 셋과 누나 하나를 새로운 오누이로 만나게 되었다. 지금은 친누나와 같이 독립해서 살고 있다. 계부와 어머니는 맞벌이 부부다. 나이 차이가 꽤나 나는 의붓 형들은 당연히 술도 마시고 담배도 피우니 조숙할 수밖에 없었다. 학교에서 집에 돌아가면 어느 누구와 따뜻한 정을 나눌 수 있었을까, 눈에 선하였다.

3월이 가기 전부터 이 아이는 내 눈에 띄기 시작하였다. 우선 상담 차례가 되었을 때 이 아이는 내 눈을 보려고 하지 않았고 내가 묻는 말에도 거의 반응이 없었다. 명색이 생활지도부 교사인 내 엄명에도 불구하고 지각, 머리 안 깎기, 실내화 안 신고 오기, 담배 피우다 걸려 학생부 오기 등 나와 친해 질 사이도 없이 훈계, 경고, 종아리 맞기 등 불편한 관계를 피할 수 없었다. 아마 성인들과의 단절감이 담임인 나에게까지 확장되는 것이 아닌가 한다. 어떻게든 이 놈과 친해져야 하는데 하는 기대와는 달리 멀어져만 갔다. 4, 5월에는 무단결석이 시작되고 1주일, 2주일 걸러 각각 2~3일씩 가출이 연속되었다. 그 결과 교내봉사 처벌이 내려져 화장실 청소와 반성문, 어머니의 각서 제출이 불가피해졌다. 어떻게 할까? 학교에 출근하면 오늘은 이 아이가 오려나, 혹시 안 오면 어쩌나, 자리부터 살피게 되었다.

그러던 어느 날 석이는 2교시가 끝나고 복도를 지나던 나에게 점심을 먹다가 '적발'되었다. 나는 순간적으로 폭발했다. 그 녀석이 배짱 좋게 두 동료를 규합하여 감히 나의 공권력(?)에 도전한 것이라는 게 내 재빠른 판단이었다. 나는 교실에 들어서 "앞으로 나왓!" 하고 고함을 질렀는데도 여유 만만한 녀석의 모습에 더 화가 났던 것이다.

"너는 이 놈아, 내가 그렇게 타이르는 데도…. 담임 선생 말이 그렇게 우스우냐?"

평소 아이들에게 선후를 따져서 잘못을 알게 하고, 나무라더라도 친구들 없는 데서 해야 된다는 내 원칙은 없어졌다. 내친 김에 공범들에게 이어졌다.

"너는 이놈아, 친구라면서 석이가 가출도 하고 담배도 피우면 못하게 충고해서 바로잡아 주어야지. 부추기고 같이 패거리를 이루냐?"

이 폭풍우가 지나고 나는 교무실에 돌아와 왜 갑자기 그 아이에게 폭발했을까? 그 아이가 영영 나와 멀어지면 어쩌나 걱정했다. 그러나 의외로 오후 종례 시간, 반 아이들과 석이가 나를 대하는 분위기는 그리 나쁘지 않았다. 나는 아이들에게 "내가 감정을 있는 대로 표출해서 미안하다. 그러나 나도 때로 내 심정을 너무 몰라줄 때는 야속하기도 하단다."하고 사과 겸 변명을 늘어놓았다.

그리고 방학이 되기 전 요(要)선도 학생 2학년 15명에 대한 수련회가 있었다. 생활지도부장 선생님께서 쓰신 역할극, 나의 단전호흡과 명상 지도 등도 프로그램에 있었다. 그때 그 아이와 문제의 두 녀석 등 3인방은 모두 그 멤버에 자랑스럽게 속해 있었다. 나는 처음에 "우리들만을 따로 불러서 지도하는구나. 우리는 선생님들에게 찍힌 놈들이구나."하는 자격지심이나 주지 않을까 걱정했으나 1박 코스의 수련회에 임하는 아이들의 표정은 밝았다. 적어도 그 놈들끼리 만의 홀가분한 친선 무대였고 선생님들과도 보다 친밀한 만남이었다.

방학이 끝나고 나는 그 아이가 궁금했다. 그러나 내가 조금 안심하는 것은 3인방끼리 서로 의지하면서 그들끼리 체온을 나누는 것이었다. 한 녀석은 병석에 계신 무직자 아버지가 있고, 또 한 녀석은 머리를 노랗게 물들이고 다니는 겉멋에 취한 녀석인데 이들은 담임의 성화와 압제에 공동전선을 펴면서 더 굳건히 한 학기와 여름방학을 보냈다. 그리고 새 학기에도 여전히 담임 말을 아랑곳하지 않는 그들 나름의 학교생활을 즐기고 있다.

나는 이제 석이와 두 녀석과 암묵적인 균형을 이루어 가고 있다.

"애들아, 제발 외로움 타지 말고 즐겁게 학교생활을 해다오. 그리하여 결석만은 하지 말아 다오."

"선생님, 이 정도는 이제 체념하셨죠. 그래도 가끔은 선생님 말씀도 듣고 있잖아요."

"그래 석아, 힘들지. 어린 네가 얼마나 마음이 많이 아픈 체 이 사춘기를 견디고 있는 지 생각하면 대견하구나. 그렇게 너희들끼리의 우정으로 이 힘든 시기를 잘 지내다오. 그리고 말이다. 나와도 조금은 친구가 되어 다오."

상도중학교를 떠나 신림여자중학교에 온 지 두 해쯤인가, 교문에서 어떤 청년들이 제자라며 찾아 왔다는 연락이 왔다. 석이와 어울려 다니던 두 아이였다. 너무 반가워 교무실 앞에서 기다렸다. 그런데 모습이 가관이었다. 고등학교 2학년에 다니는 아이들이 사복 차림에, 머리에 무쓰를 발라 넘기고 구두를 잘 닦아 신은 채였다. 그러나 저러나 교무실로 불러서 그동안 어찌 지냈는지를 묻고 지난 이야기도 나누었다.

 '특별히 잘해 주지 못했는데 나를 찾아와 주다니….' 아이들이 반갑고 고마웠다.

나를 길러 준 두 모교, 리서사고와 군산제일고

초등학교 6학년 때, 박정희 대통령이 '10월 유신'을 선포하였다. 마을별로 교사들이 방문하여 '10월 유신'의 당위성을 설명하고 다녔다. 묘하게도 담임 선생님께서 우리 마을에 오시게 되었다. 선생님과 나는 10리길을 같이 걸었다. 그날따라 선생님은 말씀을 거의 안 하셨고 표정도 어두웠다. 그렇지 않아도 선생님이 어려웠는데 옆을 지키면서 같이 가기가 참 힘이 들었다. 마을이 가까울 무렵 선생님께서 내게 굳은 목소리로 "나는 아무 말도 안 할 거야."라고 하셨다. 당시 나는 선생님의 말씀을 제대로 이해하지는 못했으나 어렴풋하게나마 선생님의 심정을 헤아렸다.

그렇게 초등학교 시절이 가고 중학교에 들어갔다. 6남매의 장남이었던 나는 중학생이 되어 한문을 배웠다는 것 때문에 이른 나이에 집안의 집사 노릇을 하였다. 아버지를 따라 농협에 가서 대출 서류를 읽고 도장을 찍고, 마을의 부잣집에서 빚을 얻을 때에는 차용증을 살펴보았다. 선친께서는 참 건장하시고 부지런한 분이셨지만 가난에서 벗어나기에는 역부족이었다. 가난한 집안의 장남으로 절망을 이겨내는 길은 공부밖에 없다고 생각한지라 중학생 시절 내내 공부에 전념하였고, 광주에 있는 명문고에 갈 수 있는 실력이라는 평을 받았다. 그러나 형편상 광주로 유학을 간다는 것은 애시당초 불가능하였고 일찌감치 이웃 면에 있는 법성상고에 갈 생각을 하였다.

법성상고는 해방 이후에 지역 유지들이 재원을 출연하여 만든 사립학교였다. 당시 전남 지역에는 목포와 벌교에 상고가 있었는데, 법성포와 마찬가지로 물류가 왕성한 항구들이었다는 공통점이 있다. 이웃 면이라고는 하지만 우리 마을은 학교에서 가장 멀었다. 학교까지 8km가 넘는 거리였는데 그 길을 자전거로 통학했다. 비포장도로여서 비가 오면 자전거 바퀴가 굴러가지 않을 정도로 진창이 되어 버렸고, 차가 다니는 구간에는 자갈을 깔아 놓아서 자전거 타기도 수월하지 않았다. 집에서 출발하여 학교에 도착하는 순간까지 계속 페달을 밟아 속도를 내면서 통학을 했다.

법성상고에는 광주로 진학하기보다는 집에서 다니는 게 더 좋다고 선택한 학생들과 가정 형편이 어려워 선택한 학생들이 모였다. 대처의 학교로 진학하지 못한 것이 아쉽기는 하였으나 우리들은 씩씩하게 학교를 다녔다. 마을을 떠나면 이 마을 저 마을 입구에서 자전거를 탄 친구들이 나오고 길게 열을 지어 학교까지 갔다. 법성 상고에는 법성중학교를 나온 친구들이 가장 많았고 공음면이나 백수읍에서 중학교를 나온 친구들도 있었다. 법성포는 예전의 영화를 누리지는 못하고 있었으나 굴비 산업이 여전히 유지되고 있었고 정취 있는 포구와 포구를 내려다보는 언덕 위에 늘어선 오래된 숲이 일품이었다. 사람들은 자부심이 강하였다. 광주로 진학하지 않은 덕에 나는 법성포의 친구들을 사귀고 가장 영광다운 곳에 젖어들었다.

애초에 고등학교를 졸업하고 곧바로 은행에 취직하여 동생들을 돌보겠다는 마음이었으나 끝내 대학에 가고 싶다는 꿈을 포기하기는 어려웠다. 사실 동일계 진학으로 전남대 상대에 진학하는 길이 현실적이었으나 거기에 만족을 못하고 서울로, 가능하면 서울대에 진학하겠다는 욕망을 버릴 수 없었다. 그러던 차에 2학년 겨울 방학을 앞둔 어느 날 아침에 군산에 있는 서해 방송에서 귀가 번쩍 뜨이는 광고가 흘러 나왔다. 그날도 일찍 일어나 아침을 먹기 전에 라디오를 들으면서 공부를 하고 있었는데 "군산제일고에서 2, 3학년 편입생을 모집한다. 성적 우수자에게는 장학금도 지급하고 기숙사도 제공한다."는 내용의 광고였다. 학교에 가서 친구들을 붙잡고 같이 가자고 해 보았다. 다들 갑작스런 제안에 따라 나서지를 못하는 가운데 혼자 한 번도 가 본 적이 군산행 시외버스를 탔다.

그렇게 하여 나는 두 고등학교를 모교로 갖게 되었다. 학적부를 정리하기 위하여 전학 서류를 떼려고 교무부장 선생님께 말씀을 드렸더니 교장 선생님과 이사장님께 인사를 하고 오라고 하셨다. 학교에서는 2년 동안이나 학비 전액을 면제해 주면서 전남대 진학으로 학교의 명예를 높여야 할 학생이 홀연 전학을 한다는 데에 낭패할 수밖에 없었다. 나는 두 분 어른께 그동안 저를 길러 준 법성상고가 저의 영원한 모교이고, 학교와 선생님들의 은혜를 잊지 않겠다고 말씀을 드렸다. 참으로 법성상고는 어려웠던 시절 나에게 길을 열어 갈 수 있게 해 준 소중한 모교이다.

군산제일고 3학년으로 편입하여 상고에서는 부족하였던 수학 과목을 좀 더 깊이 있게 배울 수 있게 되었다. 군산제일고는 군산의 대표적인 기업가였던 고판남 한국합판 회장이 직접 학교를 인수하여 이사장을 맡아 지역 명문학교로 육성하려고 지원을 아끼지 않았던 학교였다. 전북 일원과 충남 남부 지역에서 모여든 학생들이 많았고 학교 분위기도 활기가 있었다.

학생들은 진보적인 생각을 갖고 계시는 몇 분 선생님들을 깊이 존경하고 있었고 정신적인 지주로 생각하고 있었다. 박정희 정부가 막바지로 치닫던 시기의 암울한 상황에서 지식인으로서 고뇌하던 선생님들은 깨어 있는 양심이었다. 공부하기 바빴지만 그러한 학교의 분위기, 선생님들로부터 많은 영향을 받았다. 반 친구들은 도회지 아이들답게 개방적이어서 금방 나를 받아들여 주었다. 교내 체육대회 주요행사인 군산 시내를 통과하는 단축 마라톤에서 도시 아이들 보다는 어렸을 때부터 먼 거리를 통학하며 체력을 다진 시골 사람인 내가 훨씬 나을 거라는 자만심이 깨진 일도 기억이 난다. 학교를 옮긴 지 한 달 정도 되었을 때 자취방에 초대되어 소주 파티를 벌였던 것도 즐거운 추억이다. 처음 마셔 보는 소주를 제법 마셔서 친구들에게 나름 위신을 세울 수 있어 이후로는 더 편하게 어울리게 되었다.

한 해에 그 수가 수 십 명에 이르렀지만 이사장님은 서울의 명문대에 진학한 졸업생들에게 장학금을 지급하겠다는 약속을 끝까지 지키셨다. 나는 4년 동안 등록금을 받으러 모교에 갔었다.

짧은 기간이었으나 군산 특유의 분위기도 느낄 수 있었다. 시내에 책을 사러 나가면 편도 1차선 시내도로를 아무데서나 시민들이 건널 때면 택시든지, 개인 승용차든지 속도를 늦추고 멈추어 섰다. 도시 사람 특유의 당당함, 경우 바름 같은 것이 느껴졌다. 상업 도시답게 시내는 비교적 깨끗하게 정돈되어 있었고 사람들은 활기가 있었다. 법성포처럼 군산도 항구 도시 특유의 분위기가 있었다.

막막하기만 했던 고등학교 시절에 내게 징검다리가 되어 주었던 두 모교에 대한 추억과 감사의 마음은 여태껏 잊지를 못한다.

이광웅
선생님을
생각하며

　군산제일고 학생이던 1978년 고3 때 이광웅 선생님을 만났다. 국어 선생님으로, 한문 시간을 맡으셨다. 작고 아담한 모습에 눈이 참 맑으신, 시인 선생님…. 대학입시에 바늘 끝만큼의 여유도 없던 시절에 선생님과 만나는 시간은 샘물을 마시고 잠깐 한 숨 돌리는 시간이었다고나 할까? 이백과 두보의 시를 또박또박 판서하시고 막힘없이 설명을 해주셨다. 수업을 하시던 중에 '도회지의 가로등 불빛을 보면 돼지우리의 밥 구시에 먹다 남은 채 붙어 있는 밥 찌꺼기를 보는 거 같다.'고 하셨던 말씀이 잊혀지지 않는다. 암울했던 박정희 군사독재가 절정으로 내달리던 시절, 모두가 출세와 성공을 위해 서울로 향하던 시절, 서울대에 합격하는 것 외에는 다른 생각이 없던 나에게는 충격의 한마디였을까?

선생님은 참 술을 좋아하셨다. 나중에 '오송회 사건'으로 같이 고생을 하시게 되는 박정석 선생님과 특히 단짝이셨다. 두 분 다 국어 선생님이신 데다가 탈속한 이미지 하며 친하게 지내실 만하였다. 학교가 끝나면 학교에서 가까운 소박한 술집에서 술잔을 기울이곤 하셨다 한다.

그러던 어느 날, 9월 즈음이었던가, 학교에 큰 사건이 터졌다. 기숙사 학생들과 축구부 학생들 사이에 패싸움이 벌어졌다. 기숙사 운동장을 비롯해 온 학교가 난장판이 되는 사건이 터진 것이다. 발단은 3학년이 많은 기숙사 학생들 가운데 누군가가 축구부원에게 "넌 왜 선배를 보고 인사도 안 하냐?"라고 물었고, 이에 "뭔 소리냐? 내가 꿇어서 그렇지 너보다 더 선배다."라며 시비가 붙은 것이다. 학교 식당에서 저녁 식사를 마치고 돌아가다가 싸움이 벌어져 얼추 100여 명이 넘는 학생들이 패싸움을 벌이니 난리도 보통 난리가 아니었다. 당직 선생님이 나서서 말리다 안 되어 교장 선생님께 연락이 갔다. 달려오신 교장 선생님께서는 다급하게 빨리 이광웅, 박정석 선생님 모시고 오라고 소리쳤다. 잠시 후에 거나하게 취하신 두 분 선생님께서 나타나셨다. 작은 몸매의 이광웅 선생님, 키는 조금 크셨으나 역시 단아한 박정석 선생님은 평소대로 가까운 곳에서 술을 들고 계시다가 급히 오신 거였다. 세미 정장 차림의 두 선생님은 약간 비틀거리기까지 하시면서도, 마주치는 제자들을 아무나 붙잡고 '이러지들 마. 응. 그만하자.' 하면서 우셨다. 순식간에 그 아수라장 판은 눈물바다가 되어 버렸고 싸움은 금방 멈추었다. 고달픈 입시 전선의 제자들이 억누를 길 없는 스트레스를 엉뚱하게 폭발시키고 있는 것에 눈물이 나신 것이었다.

졸업이 가까워지면서 제자들과의 술 약속이 줄을 이었다. 쉬는 시간 선생님께 몰려가 '선생님 저희들도 술 한잔 사 주세요.' 하면 수첩을 꺼내 빈 날짜에 '아무개외 몇 명' 이렇게 써 넣으시곤 하셨는데 거의 빈 날짜가 없다시피 하였다. 전라남도 영광 법성포에 있는 법성상고를 다니다 그 해에 3학년으로 편입하여 온 터인데다 워낙 입시에 전념하느라 여유도 없었던 나는 선생님과 술 약속을 할 정도로 친해질 겨를이 없었지만 부럽기는 하였다.

학교를 졸업하고 재수까지 한 끝에 1980년에 대학생이 되었으나 '서울의 봄'이니 뭐니 하다가, 5월 광주가 터졌다. 5월 18일 새벽, 학교 기숙사에 있다가 학교를 점령한 공수부대원들에게 아무 이유도 없이 흠씬 얻어맞고 내려온 고향 마을에는 광주 소식이 여과 없이 들려 왔다. 그리고 나는 운동권 학생이 되었다. 그렇게 선생님들의 고뇌에 가까워져 가던 시기에 안타까운 소식이 들려왔다. 선생님께서 이른바, '오송회 사건'으로 끔찍한 고문을 당하시고 옥살이를 하게 되었다는 것이다. 그 사슴 같이 여린 분들께서 어떻게 그런 힘든 형벌을 감당하실 수 있었을까? 끔찍한 옥살이를 마치고 6월 항쟁으로 민주화가 되면서 선생님들은 공립학교로 복직이 되셨다.

내가 다시 이광웅 선생님을 뵙게 된 것은 1989년 전교조가 창립되고 나서 바로 이어진 '명동성당 단식농성장'에서였다. 7월 26일

부터 8월 5일까지 폭염 속에서 전국에서 모여든 600여 명의 교사들이 전개한 단식농성, 투쟁의 현장에 선생님께서 오신 것이었다. 나는 3년차 새내기 교사로서 전교조 정책실원으로 일을 하고 있었다. 반가움도 잠시, 연로하신 선생님께서, 더욱이 옥고를 치르시느라 많이 쇠약해지신 선생님께서 단식농성을 하시는 것을 보는 것은 참 괴로운 일이었다. 그때 선생님께서 "이 싸움은 질래야 질 수 없는 싸움입니다. 제자들을 참되게 가르치겠다고 일어선 우리 선생님들이 꼭 이깁니다."라고 하신 말씀은 또렷하게 기억에 남는다. 시인의 언어, '질래야 질 수 없는 싸움'. 이 말씀은 내가 전교조를 하면서 문득문득 떠올리는 선생님의 육성이다.

해직이 되어 출판사에서 생활비를 벌던, 1992년 선생님께서 위암으로 백병원에 입원해 계시다는 연락을 받고 찾아 뵌 것이 선생님과의 마지막 만남이었다. 가혹한 옥고의 후유증으로 결국에는 52세를 일기로 이 세상을 하직하신 선생님, 장례식을 치르던 날 선생님의 관 위에 삽으로 흙을 떠 부으며 '다시 이런 분을 만 날 수 있을까?' 큰 슬픔을 삼켰다.

이광웅 선생님께서 옥중에서 쓰셨던 시, '목숨을 걸고'를 통해 하신 말씀이 생각난다.

이 땅에서 진짜 술꾼이 되려거든 목숨을 걸고 술을 마셔야 한다.
이 땅에서 참된 연애를 하려거든 목숨을 걸고 연애를 해야 한다.
이 땅에서 좋은 선생이 되려거든 목숨을 걸고 교단에 서야 한다.
뭐든지 진짜가 되려거든 목숨을 걸고 목숨을 걸고….

나는 지금 '진짜가 되려고' 하는가? 선생님보다 더 나이를 먹어서인가, 선생님이 더 그립다.

군자는 자기 자식을 가르치지 않는다

수업시간에 잠만 자는 학생들, 왜?
– 직접 650명 학생 설문조사한 한 교사의 현장 제언

체벌 금지를 넘어 '체벌할 필요'가 없는 교육을 위하여

학교를 소통과 인권, 배려와 우애가 넘치는 교육공동체로

망국병 입시 경쟁교육
– 핀란드 교육에서 대안을 생각하다

혁신학교에서 만들어 낸 우리 교육의 희망

청소년의 거리를 만들고 싶다

농어촌 폐교를 서울 학생들을 위한 자연 배움 학교로

2부
교육의 봄을
위하여

군자는
자기 자식을
가르치지 않는다
君子不敎子

다음은 『맹자』에 나오는 자식 교육에 대한 문답이다.

제자가 맹자에게 물었다.

"군자가 자식을 직접 가르치지 않는 것은 무엇 때문입니까?"

맹자가 답하였다.

"자기 자식을 가르치는 일이 현실적으로 잘할 수가 없기 때문이다. 가르치는 사람이고 더욱이 자기 자식이기에 올바른 도리를 가르치는데, 자식이 그 가르침을 따르지 않으면 성을 내게 되고, 성을 내면 도리어 자식의 마음을 해치게 된다. 자식은 '아버지가 나에게 올바른 도리를 말씀하시지만, 정작 가르치시는 것은 올바른 도리에서 나온 것이 아니다.'고 생각하게 되어, 부모와 자식이 서로의 마음을 상하게 한다. 부모와 자식이 서로의 마음을 상하게 하는 것은 좋지 않다. 그러므로 옛날에는 서로 자식을 바꾸어 가르쳤다.

부자간에는 선(善)을 행하라고 질책해서는 안 된다. 부자간에 선을 행하라고 질책하게 되면 사이가 멀어지게 되는데, 부자간의 사이가 멀어지는 것보다 더 나쁜 일은 없다."

"자식 교육은 부모가 한다."고 한다. 한 사람의 선악 관념, 밑바닥 인간성은 모두 부모로부터 배운다고 한다. 그러기에 자식이 잘못을 하면 부모가 얼굴을 들지 못한다. 인간에 대한 배려, 예의, 염치와 같은 인간다움은 유치원에 들어가기 이전에 이미 부모로부터 배우게 된다. 부모의 자식교육이, 가정교육이 얼마나 중요한지를 알 수 있다. 삶을 살아가는 데 있어 자식교육만큼 중요한 게 또 있을까? 하여 유태인들의 지혜를 담고 있는 『탈무드』에도 자식 교육에 대한 많은 가르침이 있다.

자식에게 물고기를 잡아 주지 말고, 물고기를 잡는 방법을 가르쳐 주라.

아이를 가르치지 않는 것은 도둑이 되도록 가르치는 것과 같다.

언제나 바르게 행동하라. 특히 아이들을 대하는 것에 있어서 바르게 하라. 아이들과 약속한 것은 꼭 지켜라! 그렇지 않으면 당신은 아이들에게 거짓을 가르치는 것이다.

성경 「잠언」에는 너무도 많이 인용되는 구절이 있다.

매를 아끼는 자는 그의 자식을 미워함이라. 자식을 사랑하는 자는 근실히 징계하느니라.

이렇듯 자식 교육에 대한 지침이 삶의 지혜를 담은 고전들에 전해져 오고 있지만 세상은 변하고 빠르게 변화하는 세상에서 미래를 살아가야 할 자녀들을 제대로 가르친다는 것은 여간 어려운 일이 아니다. 더욱이 한국 사회는 급격한 사회의 변화에 따라 전통사회의 자녀 교육 방법에서 무엇을 남기고, 무엇을 버릴 것인지 가닥을 잡기도 전에 서구 사회의 가치관이 수용되어 주류의 자녀 교육관으로 자리를 잡은 형국이어서 많은 혼란이 있을 수밖에 없는 상황이다.

공공장소에서 소란을 피우는 자녀들을 제지하지 않는 젊은 부부들을 보면서 너무 자녀들을 방임하는 것은 아닌지 걱정을 하기도 하지만 무엇이든 하지 못하게 말리고 권위에 고분고분 순종하도록 가르치는 전통적인 훈육에 대한 반성에서 비롯된 요즘 부모들의 새로운 자녀 교육법이기도 하다.

얼마 전에는 교육방송에서 프랑스와 한국의 젊은 부부가 어떻게 자녀를 가르치는지를 비교한 다큐멘터리가 방영되었다. 유치원에 들어가기 전의 유아를 기르는 두 나라 부모들은 여러 가지로 대조

적이었다. 프랑스 부모들은 허용할 것과 허용하지 않는 경우가 분명하여 가지고 있는 장난감이 있는데 또 다른 것을 사달라고 조르는 경우에 아무리 떼를 쓰고 울어도 절대로 흔들리지 않았다. 아이가 울면 울도록 내버려 두었고 조금 진정이 되면 다시 사 줄 수 없는 이유를 설명해 주었다. 한국의 부모들은 아이가 떼를 쓰면 두 사람 중 한 사람이 마음이 약해져 사 주는 경우가 많았다. 아이들이 아빠, 엄마를 어떻게 생각하느냐는 질문에 대답을 하는 걸 보고 깜짝 놀랐다. 프랑스 아이는 "아빠, 엄마는 저를 많이 사랑해 주신다. 나는 엄마, 아빠가 좋다."고 대답한 반면에 한국 아이는 훨씬 허용적인 아빠, 엄마에 대해 "아빠, 엄마 때문에 마음대로 할 수 없어서 화가 나요."라고 대답을 하였다. 한국의 젊은 부부는 자녀를 대하는 데에 일관성이 없고, 자신감도 부족하고, 무엇보다 두 사람 사이에 의견이 맞지 않는 경우가 많아 아이를 혼란스럽게 한다는 진단을 받았다.

우리의 자녀 교육에 대해 많은 것을 되돌아보고 가다듬을 필요가 있음을 절감하였다. 젊은 부모들, 아니 대학의 교양과정에, 어떻게 자녀들을 가르쳐야 하는지를 가르치는 교육학을 꼭 포함시켜야 할 것 같다. 그리고 전통의 자녀 교육법에서 무엇을 배울 것인가, 빠르게 변화하는 21세기에 맞는 자녀 교육 방법은 무엇인지 정립이 필요하다는 생각을 했다.

그러면서 동양 고전 맹자가 가르치는 바를 재음미 해본다. 군자는 자기 자식을 직접 가르치지 않는다. 자기 자식을 직접 가르치려고 하다가는 친함을 해치게 되기 쉬운데 이것이야말로 최악이기 때문이라는 것! 자녀에게 바른 행실을 가르치는 것도 친함을 해칠까 조심하라고 하지 않는가? 하물며 요즘 부모들은 바르게 살도록 가르치는 것이 그렇게 어려운데도 그것은 아예 뒷전으로 미루고 오직 공부 열심히 하라고만 하고 있으니…. 정말로 위태롭게 느껴진다. 학교에서 학생들을 대하다 보면 중학생은 물론이고 고등학생이나 된 아이들이 기본적인 예의를 지키지 않으면서도 그것이 문제 행동인지, 아닌지를 아예 모르는 경우가 많다. 알고 잘못 하는 것이 아니라 아예 모르는 것이다. 수업을 방해하는 행동을 하거나 다른 학생을 괴롭히고도 어떤 점이 문제인지를 생각해 보자는 교사와 소통하기를 거부하는 경우를 만나면 교사는 참으로 난감해진다.

자녀들을 어떻게 가르쳐야 할지 모르는 부모들이 많기도 하지만 아예 모든 것을 교사나 학교에서 가르쳐 달라고 하는 부모들도 있다. 학생이 자주 지각을 하여 학생의 아버지와 어머니에게 전화를 했더니 부모의 말을 안 들으니 선생님께서 엄하게 가르쳐 달라는 대답이 돌아온다. 교사가 학생을 불러 알아듣게 이야기를 하는 데에는 한계가 있을 수밖에 없고, 생활을 함께하는 부모들이 어떤 생활 습관이 문제인지를 잘 살펴서 가르쳐야 할 터인데 답답한 마음이었다.

한국의 부모들이 자녀 교육에 대한 자신감을 회복했으면 한다.

그리고 아이들은 어떻게 살 것인가를 부모님의 살아가는 모습을 보고 배우기 마련이어서, 아이들을 말로 가르치려고 하지 말아야 한다. 무엇보다도 어린 자녀들에게 공부하라고 다그치지 말아야 한다. 공부를 즐겁게 할 수 있도록 도와주고, 잘한다고 칭찬해 주는 것까지만 해야 한다. 누구나 처음 부모 노릇을 하는 것이어서 쉽지가 않다. 아들 하나를 둔 아버지로서 부모 노릇을 잘 했는지 자신이 없다. 군대도 갔다 오고, 대학교도 졸업하여 직장 생활을 하는 아들과 사이가 나쁘지는 않다. 고집이 센 부자가 서로 그런대로 사이가 틀어지지 않은 관계를 유지하고 있는 게 천만 다행이라고나 할까?

자식과는 친함을 잃지 않는 것이 무엇보다도 소중하다고 하는데….

수업 시간에 잠만 자는 학생들, 왜?

직접 680명 학생설문조사한 한 교사의 현장제언[1]

잠만 자는 아이들의 현실

일반계 고등학교의 교사로서 너무도 힘들고 문득문득 좌절감을 느끼지 않을 수 없게 만드는 문제가 바로 '날마다, 하루 종일 수업 시간에 잠자는 학생들'의 문제이다.

수업 시간 들어가 채 5분도 되기 전에 책상에 엎드려 자는 학생들이 여기저기 나온다. 한 반 30여 명 가운데 적게는 5~6명, 많게는 15명이 넘는 학생들이 수업시간에 습관적으로 잠을 잔다. 어느

---

[1] 이 글은 2012년 11월 20일, 인터넷 매체인 레디앙에 실린 글이다. 설문 문항과 결과는 부록으로 실었다.

한두 학교만 그런 게 아니다. 교사들끼리 모이면 나누는 이야기가 수업하기 힘들다, 아이들이 너무 잠만 잔다는 하소연들이다.

목소리를 높여 잠자는 학생들을 깨워 보지만 그때뿐 금새 다시 자는 학생들, 그들을 향해서 안 해 본 얘기가 없다.

"오후에 집에 가서 아버지, 어머니 얼굴을 어떻게 보려고 그러냐? '저 오늘 수업 시간에 3시간 잤어요.' 그래 봐라. 얼마나 슬퍼하시겠니? 부모님들이 여러분을 학교 보낼 때 열심히 공부하고 올 것으로 믿고 계실 터인데…"에서부터 "이건 교칙 위반이다. 벌점 준다."에 이르기까지.

"지금 이 상황을 사진으로 찍어서 인터넷에 올리면 사람들이 뭐라고 할까? 아마 선생은 뭐하고 있냐고 선생들을 욕할 걸!"까지 온갖 이야기로 타일러도 보고, 협박도 해 보고, 화도 내 보지만 아이들은 그저 잔다.

저 찬란한 청춘들이, 남의 집 귀한 자식들이 저렇게 고등학교 3년을 자다가 나가면 어찌 되나? 자기 거울에 비친 자기 모습을 보면서 저 아이들은 스스로 무너져 가고 있을 터인데….

매년 수많은 멀쩡한 청년들이 바보가 되어 교문 밖을 나가는구나! 무기력한 교사의 비애가 가슴을 친다. 그냥 통속의 한 페이지가 아니다. 엄청난 사태이고, 우리 교육의 긴급 상황이다!

그러면… 그러면… 무엇이 잘못된 걸까? 해결 방법이 없는 걸까? 이런 교실의 안타까운 현실을 모른 체하고 한 사람 힘없는 교사가 뭘 할 수 있겠나 자포자기하고 무사안일하게 넘어갈 수는 없다. 정말로 그렇다.

이런 안타까운 현실을 아는지 모르는지 교육과학부와 교육청이 내놓는 정책들과 교육 전문가들과 언론은 태평 세상이다. 아니, 한다는 이야기마다 공부 잘하는 학생들에게만 초점이 맞추어져 있다.

날마다, 시간마다 전국의 수많은 학교들의 교실에서 지금 이 시간에 벌어지고 있는 이런 안타까운 현실을 장관이, 교육감이, 교육학자가, 신문 기자가 모르고 있다면 그건 넌센스다. 알고 있으면서도 '공부 잘하는 놈만 끌고 가지 뭐. 어차피 공부 안 하는 놈들은 안해!'라고 생각한다면 그건 직무유기가 아닐 수 없고 학부모님들에 대한 도리가 아니고, 어른 세대들이 미래 세대에게 취할 바가 아니다!

일반계 고교 직업반 학생들의 현실

사실 일반계 고교의 학업 과정을 제대로 이수하지 못하는 학생들에 대한 대책이 전무한 것은 아니다. 미흡하나마 고3 학생들에게 직업교육을 받을 수 있도록 하는 직업교육과정이 개설되어 있다. 작년에 직업반 담임을 맡았었다.

2학년을 마친 학생들에게 직업교육을 시키는 산업정보학교나 교육청 지정 기술계 학원에 3학년 1년 동안 위탁 교육을 시키는 과정이 있는데, 바로 그 아이들로만 편성된 학급이 직업반이다. 아이들은 1주일에 한 번, 월요일에만 학교로 등교하고 위탁기관에 나가 직업교육을 받는 거다. 산업정보학교나 위탁교육을 희망하는 아이들을 불러 상담하고, 안내하고, 지원서를 써 주면서 그 아이들을 조금 더 알게 되었다. 아이들은 좌절감을 느끼기도 하지만, 길을 찾고 싶어 했다.

그런데 기가 막힌 일이 벌어졌다. 2011년 말에 서울시교육청이 기술계 학원에 보낼 학생 수를 1200명에서 800명으로 무려 1/3을 축소해 버린 것이다. 교육청에서 학원비를 지원하게 되어 있는데 그 예산을 대폭 줄여 버린 것이다.

'저 대학 준비하는 공부를 따라 가기 힘들어요. 직업교육 잘 받아서 제 진로를 찾아보겠습니다.' 이러는 기특하고도 절실한 학생들을 그야말로 '짤라' 버린 거다. 어찌 이럴 수가 있단 말인가? 그럼 그 아이들은 어쩌라고. 바로 '교실로 돌아가 잠을 자든지, 멍 때리든지 난 모르겠다!' 이 말이 아니고 뭔가?

사실 제대로 가닥을 찾아 가자면, 지금 이 드넓은 서울에 산업정보학교(=직업교육과정)가 달랑 3개교 밖에 없다는 것 자체가 말이 안 된다. 25개 구마다 최소한 1개교씩은 설치하여 성적이 낮아 전문계 고등학교에 가지 못하였거나, 수업을 따라가지 못하는, 2년제 대학(=이전의 전문대학)조차 진학할 가망성이 조금도 없는 학생들을 받아들여 직업교육을 제대로 실시해야 할 일이다.

이러한 필요성을 알면서도 교육청은 책상만 들여놓으면 되는 일반계 고교에 비하여 엄청난 실습 기자재를 들여놓아야 하는 산업 정보학교를 더 세우려고 하질 않는다. 미봉책으로 기술계 학원에 위탁교육을 시키는 건데 그 지원비마저 삭감을 하다니… 대학교 입시도 아니고, 직업교육을 받아 착실하게 앞날을 개척해 보려는 그 아이들을 '기술계 학원 입시'에서 '짜르면' 어쩌라는 건가? 교육 당국이 공부 못하는 학생들, 수업 시간에 잠만 자는 학생들을 포기하고 '나 몰라라' 아무런 대책도 강구하지 않겠다는 것 밖에 더 되겠는가?

아이들의 목소리를 직접 들어본 결과

수업 시간마다 잠자는 아이들과 씨름하고, 교육 당국의 무대책에 분노하다가 이 아이들의 문제를 공론화 해 보겠다고 2010년 12월에 일반계 4개 고교의 1, 2학년 680여 명의 남녀 학생들을 대상으로 설문 조사를 실시해 본 적이 있다.

조사 결과 학생들 가운데 65.8%만이 대학 진학을 준비할 생각으로 일반계 고교를 선택했다고 응답하였고, 그 외 학생들은 전문계 고교(=이전의 실업계)에 진학할 성적이 안 되거나(5.6%), 고교 학력이 필요해서(12.5%), 기타 16.1%였다.

'학교수업 시간을 제외하고 하루에 몇 시간씩(=학원 공부 포함) 공부하고 있나?'라는 물음에 전혀 하지 않는다는 12.5%, 1시간 이

내는 20.8%로 응답하였고, 2시간 이상 공부한다는 41.9%였다.

그 다음 '학교에서 자거나 친구들과 잡담을 하는 등 수업에 신경을 쓰지 않고 보내는 시간은?' 이라는 질문에 1주일에 1~2시간 이내라고 응답하여 정상적으로 수업에 집중하는 것으로 보이는 학생은 33.9%이고, 하루에 2~3시간 이상 집중하지 못하는 학생들은 38.9%에 이르렀다.

수업에 집중하지 못하는 원인으로는, 수업이 어려워서 13.6%, 수면 부족이나 피로 때문에 51.6%, 의욕이 없어서 19.4%, 자신도 잘 모르는 이유로 14.6%라고 응답하였다. 이해하기 어려운 과목이 몇 개나 되는지 물었는데, 없거나 1과목이라고 응답한 학생이 32.9%, 2~3과목 50.1%, 4과목 이상 17%였다.

일반계 고교가 대학 진학 과정인 것처럼 인식되고 있는 현실에 비추어 볼 때 1/3이 넘는 학생들이 입시 준비를 목표로 입학한 게 아니고, 거의 같은 비율의 학생들이 방과 후에 정상적인 예습, 복습을 하지 않고 있으며, 학교 수업 시간에도 38.9% 정도의 학생들이 수업 시간에 제대로 수업을 받지 않고 있는데 그 원인은 학생들의 눈높이에 맞지 않게 우리 고교 교육과정이 어렵거나 공부 자체에 대한 성취동기의 부족 때문임을 알 수 있다.

2~3 과목 이상이 어려워 이해가 안 되는 학생들이 50% 정도이고 4과목 이상이 어렵다는 학생이 적지 않다는 것으로, 2/3 이상의 학생들이 수업을 알아듣지 못하겠다는 것인데, 우리의 교육과정이 미국이나 유럽 국가에 비하여 어렵다는 것이 중론이고 그 원인은

대학입시의 변별력 때문 아니냐는 게 또한 교육계의 중론이다. 그렇다면 이는 본말이 전도된 문제점이 아닐 수 없다.

학교 수업을 제대로 따라가지 못하는 학생들에게 대안 학교의 필요성을 물었다. 학교에 적응하지 못하는 학생들을 위한 '공립형 대안 학교'가 필요하다고 생각하느냐는 질문에 67.5%의 학생들이 그렇다고 응답을 하였다.

대안 학교가 필요하다고 응답한 학생들에게 어떤 분야를 가르치는 대안 학교에 입학하고 싶으냐를 묻고 20가지 정도의 다양한 분야를 제시한 후 2개까지 선택하도록 한 결과, 실용음악 20.6%, 스포츠 15.7%, 뮤지컬, 연극 13.2%, 문학, 독서, 철학 12.8%, 동물기르기 9.0%, 댄스 6.0%, 회화, 조각 5.0%, 목공예, 도자기 공예 4.9%, 클래식 음악 3.9% 등으로 나타났다.

이러한 조사 결과를 신문과 시사주간지 등에 투고를 하여 여론화해 보려고 하였으나 기자들과 보는 눈이 다른지 뜻대로 되지 않았다. 그리고 2012년, 대선을 앞두고 교육 분야에 대해서도 '개혁안'이 나올 것으로 기대하였으나 학교에서 날마다 좌절하고, 시들어 가는 수많은 학생들에 대한 대책은 눈을 씻고 찾아도 보이지가 않는다.

앞에서 산업정보학교를 증설해야 한다, 공립형 대안학교를 세워야 한다는 의견을 제시하였는데, '학생들이 수업시간에 잠자는 문제'의 원인을 생각해 보고 이를 해결하기 위한 대안이 뭐가 있을 것인지를 같이 생각해 보았으면 한다.

무엇보다도 우선 초등학교 단계에서 국가가 책임을 지고 모든 학생들이 일정한 학력에 도달하도록 가르쳐야 한다는 점을 강조하고 싶다. 초등학교의 학급당 학생 수를 15명 선으로 낮추고, 저학년에는 부담임도 배치하여 개별화 교육을 실시하여야 한다. 학업에 어려움을 겪는 학습부진, 학습장애 학생들에 대하여는 조기에 그 원인을 발견하고 특수 교육의 경우처럼 교육과정을 특화하고 전문 교사들을 배치하여야 한다.

특수교육 대상 학생들에 비교하여 '차상위계층'에 해당되는 학생들에 대하여 교육 사각지대가 없도록 국가가 인력과 예산을 투여해야 한다. 이제 더 이상 '따라 오는 학생들은 가르치고 못 따라 오는 아이들은 어쩔 수 없다.'는 식의 초등 교육은 끝내야 한다.

다음으로는 초중등 교육이 더 이상 입시 위주, 지적능력 중심의 편향된 교육과정으로 구성되지 않아야 한다는 점이다.

대학 입학은 자격고사로 전환하여 일정한 학력을 갖추면 추첨을 통하여 복수 지망한 대학 중 한 곳에 진학하고 대학에서 제대로 실력을 쌓도록 해야 한다.

초·중등학교에서 한 가지 이상의 악기를 연주할 수 있도록, 좋아하는 스포츠를 한 가지 이상 할 수 있도록, 자기 의사를 말과 글로 충분히 표현할 수 있도록, 인간과 사회, 노동의 의미, 자연과 생태계에 대한 소양을 가질 수 있도록 가르쳐야 한다. 초·중등교육이 학생 한 사람, 한 사람을 훌륭한 인격체로 성장하도록 도와주어야 한다.

교육의 목표가 인간 자체를 목적으로 삼아야 한다는 지극히 당연한 상식을 회복해야 한다. 그러할 때 학교가 더 이상 수용소가 아니라 배우는 즐거움을 주는 곳으로 거듭날 수 있다. 학교가 학생들을 경쟁시켜 실패자를 양산해 내는 곳이 아니라 따뜻한 공동체가 되어야 한다.

학교서열화 폐기, 학교의 다양화, 학력간 임금차별 금지

세 번째로는 고등학교 교육과정을 완전히 재구성해야 한다는 점이다. 학교를 서열화하고 경쟁을 가열시키는 특수목적고, 자립형 사립고, 자율형 공립고, 고교 선택제를 모두 폐지하여 고교 평준화의 정신으로 되돌아가 고교 교육을 정상화해야 한다.

고교 다양화는 일반계 고교와 보다 전문화, 세분화된 직업교육과정, 예체능교육과정 학교들로 재편하는 방향에서 이루어져야 한다.

전문계 고교는 기존의 공고, 상고의 틀을 벗어나 항공정비, 자동차정비, 환경공학, 한국요리, 목공예, 도자기 공예, 국악기 제작, 나전칠기, 동물 기르기, 꽃 재배, 미용, 의류 디자인 등으로 더 전문화, 세분화해서 일정 분야의 전문 직업인을 양성해 내도록 하고 동일계 진학 등으로 또 다른 입시 준비 과정이 되지 않도록 해야 한다.

대신 학력 간 임금 차별을 폐지하고 나이 들어서도 학업을 다시 할 수 있도록 하는 평생 교육기회를 충분히 보장해야 한다.

한마디로 고등학교 단계에서는 자신의 진로를 설정하여 학교를 택하도록 하고, 일반계 고교에 입학한 경우에도 언제든 학업을 따라가지 못한다든지, 학습 동기를 갖지 못한다든지 하는 경우는 다시 자신의 적성에 맞는 직업교육과정으로 전환할 수 있도록 해야 한다는 것이다.

서울시에 직업교육과정의 산업정보학교가 3개 학교밖에 안 되고 더 증설이 되지 않고 있는데, 직업교육과정 학교들을 구마다 1개교 이상 세우고 예체능교육과정 학교와 공립형 대안학교들을 세우려면 의지를 가지고 예산을 배정해야 한다.

공립형 대안학교 필요

네 번째로 치유에 중점을 두는, 인간 자체만을 목적으로 두는 공립형 대안학교가 다수 설립되어야 한다.

일반계 고교 교육과정이 입시 위주, 지적 능력 중심의 편향성을 벗어나 배우는 즐거움을 주는 학교, 학생들이 소외되는 학교가 아니라 주체가 되는 학교로 거듭나고, 전문화된 다양한 직업교육과정 학교들, 예체능 학교들이 만들어 진다면 치유를 필요로 하는 학생들은 그 수가 현저히 줄어들 것이지만 일정한 교육과정의 이수 자체가 목표가 아니라 교육과정이 완전히 개방되는, 인간의 삶 자체가 목적이 되는 학교들은 반드시 필요하다.

아이들을 살리는 교육이 아닌 죽이는 교육 끝내야

지금까지 날마다 학교에 와서 잠을 자는 불행한 우리들의 아들, 딸들을 위하여 어떤 대안이 있는가를 생각해 보았다. 많은 이야기를 했으나 무엇보다도 중요한 것은 교육에 대한 관점 자체가 제자리를 찾는 일이라고 생각한다.

오늘 우리 교육은 공교육은 없고 사교육이 온 누리를 뒤덮는 형국이 되고 있다. 학생과 교사가 배우고 가르치는 교육의 주체가 되지 못하고 국가권력과 자본의 힘에 의해 소외되고 있다.

학교 교육도 이미 공교육이 아니라 투자해서 이익을 얻겠다는 사교육의 원리가 관통하는 장이 되어가고 있다. 참으로 각박하고도 무서운 일이다. 교육이 그렇게 되어 갈 때 예견되는 재앙을 우리는 이미 목도하고 있다.

학생 청소년 자살률은 OECD 국가들 가운데 단연 1위를 기록하고 있다. 자살은 초등학생에서부터 카이스트 학생에 이르기까지 나타나고 있으며 그 원인 가운데 가장 큰 것은 학업성적 문제이다.

통계청 자료를 보면 청소년(15~24세) 사망 원인 가운데 자살

2011년 영동고등학교의 과천대공원 둘레기 달리기 단축마라톤 대회 출발에 앞서 제자들과 한 께한 모습. 영동고교에 있었던 5년 동안 해마다 이 6,7km의 둘레 길을 제자들과 같이 달리면서 무 인의 이야기를 나누었고 제나 좋은 기록으로(!) 완주하곤 하였다.

이 2009년부터 사고나 질병을 단연 제치고 1위를 차지하고 있다. 연도별로 10만 명당 자살 청소년 수는 2000년 8.7명에서 2009년 15.3명, 2010년 13.0명으로 증가하였다. 특히 2010년에 15~19세 전체 청소년의 10.1%가 자살 충동을 한 번이라도 경험하였고 이 가운데 절반 이상이 학업 성적과 진학문제 때문에 충동을 느낀 것 으로 나타났다.

또 청소년 범죄는 그 질과 양에서 크게 악화되고 증가하고 있다. 강력 범죄만 해도 2008년부터 해마다 3,000건을 넘고 있다. 전체 범죄에서 차지하는 비중도 커지고 있다. 학교 폭력, 왕따 문제는 해결 방법조차 없다. 하루가 멀다 하고 학교에서 폭력이 일어나고 학생 간 폭력뿐만 아니라 학생들의 교사들에 대한 폭력도 증가하고 있다. 더 이상 얼마나 청소년들이, 우리들의 미래가 더 망가져야 정신을 차릴 참인가?

2012년 대선 정국이 한창 그 정점을 향해 치닫고 있다. 대선 주자들에게, 교육정책 담당자들에게 더 이상 변죽만 울리지 말고, 시급하게 '수업 시간에 잠자는 학생들의 문제를 해결하기 위한 위원회'를 구성하도록 촉구하고 싶다.

아니, 학교 교육으로 행복해 지기는커녕 오히려 억압받고 고통받는 학부모, 교사 학생들이 스스로 떨쳐 일어나 굴레를 벗어던져야 한다.

사회의 양극화와 불평등을 모두 개인의 실패로 돌리게 만드는 거대한 음모, 위선과 거짓의 한국의 학교 교육의 본모습을 직시해야 한다. 고통 받고 있는 우리의 어린님들을 더 이상 못 본체 하지 말아야 한다.

체벌 금지를 너어 '체벌할 필요'가 허든 교육을 위하여

'체벌' 다시 생각하기

2012년 3월, 곽노현 서울시 교육감은 '학생인권조례'를 서울의 모든 학교에서 시행하도록 하였다. 조례 제6조 〈폭력으로부터 자유로울 권리〉를 보면,

① 학생은 체벌, 따돌림, 집단 괴롭힘, 성폭력 등 모든 물리적 및 언어적 폭력으로부터 자유로울 권리를 가진다.

② 학생은 특정 집단이나 사회적 소수자에 대한 편견에 기초한 정보를 의도적으로 누설하는 행위나 모욕, 괴롭힘으로부터 자유로울 권리를 가진다.

③ 교육감, 학교의 장 및 교직원은 체벌, 따돌림, 집단괴롭힘, 성
폭력 등 모든 물리적 및 언어적 폭력을 방지하여야 한다.

라고 하여 체벌을 아예 폭력이라고 정의하고, 폭력으로부터 자유
로울 권리를 규정함으로써 '교육적 체벌'이란 개념을 전면 부정하
고 있다.

학생인권조례가 전격적으로 학교에 하달되면서 교육적 체벌이
부정되어야 하는지 격렬한 논란이 일어났다. 체벌은 학부모들이
학교(교사)에 자식을 맡기면서 의례 하던 말 "때려서라도 바르게
가르쳐 주십시오."가 상징하는 바, 교사의 권위를 인정하고 무한
신뢰를 보냈던 것을 철회하는 것이었다. 부모와 자식, 스승과 제자
사이에 있었던 오랜 질서가 깨지고 새롭게 변경되는 역사적인 순
간이었으니 충격이 크지 않을 리 없었고 심각한 논란이 일어나지
않을 수 없었다. 그리고 옛 질서가 무너지고 새로운 질서가 자리
잡는 과도기의 혼란이 당연히 일어나게 되었다.

체벌 금지에 대한 교사들의 반응은 대체로 '대책 없이, 토론 없
이, 합의 없이, 갑자기, 명령하듯이 이렇게 하면 우리는 어떻게 아
이들을 다스리고 수업을 할 수 있느냐?' 하는 반발과 냉소가 주를
이루었다. 전교조는 일찍부터 체벌은 교육적 효과를 기대하기 어
렵다는 입장이어서 교육감의 전격적인 체벌 금지령에 대해 원칙
적으로 지지하는 입장이었으나 워낙 교사들의 반발이 커서 난처한

입장이 되었다. 당시 나는 학교에서 "어떤 개혁이든지 전격적일 수밖에 없고, 충격을 피할 수는 없다. 체벌 금지는 우리 교육이 한 번은 반드시 거쳐야 하는 홍역이다."고 역설하였다.

사실, 학교의 '체벌' 문제는 심각하고도 오래된 사회문제이다. 인권 침해, 권력자(교사)의 약자에 대한 억압으로 볼 수밖에 없는 체벌이 일상화되어 있었다.

어느 날 퇴근길에 겪었던 일이다. 집 근처에 고등학교가 있는데 내 차 옆을 한 학생이 오토바이를 타고 자나가고 있었다. 마침 맞은 편에서 퇴근을 하던 교사가 차 문을 열고 '야! 너 거기서!' 하더니 차에서 내려 '너 임마, 왜 오토바이를 타고 다녀!' 고함을 치고는 헬멧을 벗겨 등짝을 몇 번인가 후려치는 장면을 보게 되었다. 그 학생이 지독히 말을 안 들어 화가 났다고 하더라도 길거리에서 그러다니, 참으로 민망하기 짝이 없었다. 우리 사회의 졸업생들이 학교 하면 가장 먼저 떠오르는 기억이 '억울하게, 개 패듯이 맞았다.'가 아닐까 한다.

체벌은 '물리적 제재', 폭력을 용인하는 것으로, 폭력 문화를 재생산하는 것이기에 학교에서 사라져야 할 것이었다. 교사들에게 언어, 신체의 폭력을 가하는 학생들이 나오게 된 것도 폭력 문화의 재생산이라고 해야 한다. 문제의 심각성으로 보나, '말로 하면 안 들어 먹을' 만큼 고질병이 되어 있는 상황으로 보나 교육감이 '체벌 전면 금지' 명령을 내린 것은 참 잘한 일이다. 우리가 지금 논의해야 하는 것은 그 '뒷감당'을 어떻게 제대로 할 것인가이다.

체벌에는 매를 드는 직접체벌, 신체적으로 힘들게 하는 간접체벌, 언어적 폭력 등이 포함된다. 일시에 이렇듯 폭넓은 의미의 '체벌'을 금지당한 교사들이 어려워하는 것은 어찌 보면 당연지사다. 5년이 지났지만 아직도 체벌을 둘러싼 논란이 끝나지 않고 있다.

체벌의 본질이 무엇인가에 대한 성찰이 우선 필요하다. 우리 사회에는 교육적 체벌의 필요성에 대한 전통적인 관념이 폭넓게 자리 잡고 있다. '자식이 잘되는 것을 바란다면 매를 드는 것을 어려워하지 말아야 한다.'는 말이 좋은 부모 되기 제1조처럼 전해 왔다. 이러한 전통에 따라 '스승'의 교육적 체벌도 당연히 필요하다고 생각되어 왔고 교직에 나가는 것을 '교편(敎鞭)을 잡는다.'고 했고, 김홍도의 그림 '서당도'에는 매 맞은 학동이 등장한다.

전통 사회의 '스승'과 근대 대중교육 속의 '교사'가 어떻게 다른지, 교육자라는 동일성이 있는지 다시 생각해 보게 된다. 전통 사회가 1차 집단으로 이루어진 사회이고 경험이 중요시되는 사회라면 지금 우리 사회는 너무도 빠르게 변화가 진행되어 미래를 예측하기가 어려운 가운데 살고 있고, 인간관계도 전면적이라기보다는 형식적이고 일시적인 것으로 변화하였다. '서당도'에 등장하는 스승님이 학동의 모든 것을 알고 그에 따라 교육적인 처방을 내렸다면 오늘의 교사들은 훨씬 많은 학생들을 대상으로 수업을 하고 생활의 규범도 객관화되어 있다. 사람을 교육한다는 본질은 같을지 몰라도 스승과 교사는 많이 다르다. 한국사회는 급속한 변화를 거쳐 선배들의 경험이 존중되는 사회에서 개인의 자유와 권리가 더 중요한 사회가 되었다. 학교에 자녀들을 보내는 부모들의 위임은 당연히 더 제한적이고 조건이 까다로운 것으로 바뀌었다. 교사들의 학생 대하기는 이제 새로운 균형을 찾아야 한다. 그동안 장기간 계속된 권위주의 정치, 사회, 문화가 학교의 변화, 교사 – 학생 관계의 변화를 지체시켜 왔다. 이제 '체벌'에 대한 논의도 민주주의 사회의 시민을 기르는 교육의 관점에서 이루어져야 한다.

체벌 없는 학교, 체벌 없는 사회를 위하여

체벌 금지 조치는 과도기의 혼란을 가져왔다. 학생들은 일시에 기준이 바뀐 상황에서 적응이 잘 안 될 수 있다. 하루아침에 넓어진 자율에 따라 더 책임 있게 행동하기가 쉽지 않았다. 이제 우리 사회에는 유아기 때부터 자녀에게 '개인의 자유와 더불어 사는 사회에서 지켜야 할 사회의 약속'을 보다 세심하게 가르쳐야 하는 과제가 떨어졌다. '버릇없는 아이'들이 그대로 학교에 들어와 학교와 교사들에게 큰 부담이 되고 있다. 체벌 없이 교육하기 위해서는 부모와 교사가 더 긴밀하게 협력해야 한다. 가정에서의 훈육이 어떠해야 하는가, 부모가 맡아야 할 몫과 학교, 교사가 맡아야 할 몫이 어느 것인지 사회적 합의가 필요하다. 부모는 책임지지 않으면서 모든 것을 교사에게 떠넘겨서는 안 될 일이다.

'꽃으로라도 때리지 말아야 한다.'는 새로운 기준에 맞게 사회를 성숙시키는 일이 그리 쉽지는 않을 터이다. 체벌 없는 학교를 만들기 위해서는 체벌 없이도 잘 통하는 학생이어야 한다. 어릴 적부터 맞으면서 자란 아이들, 맞지 않으면 통제가 안 되는 아이들이 학교에 들어오면 어려움이 한두 가지가 아니다. 부모에게 체벌을 받으면서 어린 시절을 보냈던 부모들이 처음으로 '말로 하는 훈육'을 시작해야 한다. 아주 어릴 적부터 부모가 인내심을 가지고 자녀와 대화를 나누면서 올바른 가치관, 올바른 생활태도를 갖도록 가르치는 일이 중요하다.

체벌이 금지되면서 학생 생활 규칙으로 '상벌점제'를 만든 학교들이 늘어났다. '매' 대신에 '법'이 들어온 것이다. 그러나 이 상벌점제는 '스스로 약속하고 지키기'라는 자율성이 아니라 '밖으로부터 강제'라는 점에서 학생들을 수동적인 지위에 둔다는 점은 체벌과 다를 바가 없다. 학생이 잘못을 스스로 반성하고, 잘못을 되풀이 하지 않는 것이 중요함에도 벌점을 매기는 것에 더 집중하게 되어 버린다. 상벌점제는 교사들이 각자 판단하여 상벌점을 부여하게 되어 '심판의 정당성'이 항상 문제가 된다. 그렇다고 규정을 세밀하게 마련한다면 더 학생들을 답답하게 만들어 버린다. 상벌점제는 교사-학생의 교육적 관계를 북돋아주는 대안이 될 수 없다.

학교는 학생들을 독립된 인격체로 인정해주고, 자율적으로 생활하도록 민주주의를 실천해야 한다. 스스로 학생회를 만들고, 생활협약을 만들고, 학생 법정을 만들어 잘못에 대해 책임을 지도록 만들어야 한다.

　체벌 금지 이후 학교는 급격한 변화를 겪었다. 여러 가지 요인이 작용하였겠으나 이제 학교에서는 교사가 학생을 체벌하는 일은 사라졌으나, 다양한 폭력에 노출되고 있다. 학생이 학생에게, 학생이 교사에게, 학부모가 교사에게 가하는 학교 폭력이 점점 더 심각해지고 있다. 이러한 학교 폭력에 대한 처방은 인간에 대한 배려와 우애의 정신이 넘쳐 나도록 만드는 일 밖에는 없다. 학교에서 놀이를 교육과정에 도입한 결과 학생들 간의 폭력이 줄어들고 보다 평화로운 학교가 되었다고 한다. 학생과 학부모가 교사에게 가하는 폭력은 학교와 교육에 대한 불만과 불신이 밑바탕에 자리하고 있다. 학교 단위에서 소통하고 이해하는 일이 어렵다면 시 · 군 · 구 단위 지역 교육청에 고충 상담관 등을 두어 소통하고, 중재해야 한다. 변화하는 교육 환경에 맞는 대안을 모색하려는 사회적 토론과 제도의 개혁이 절실하다.

학교를 '소통과 인권 배려와 우애가 넘치는' 교육공동체로

학교에서는 지금 학부모들은 학부모들대로, 학생은 학생대로, 교사는 교사대로 고충을 하소연하고 지지를 받을 수 있는 곳을 찾고 있다.

우리 사회는 탈권위주의의 흐름에 따라 많은 변화를 겪고 있고, 학교도 체벌 금지, 학생인권조례의 제정 등으로 그런 흐름에 맞게 변화해 왔다. 이러한 변화는 교사, 학생, 학부모들 사이의 관계를 변화시키고, 그에 따르는 제도와 문화의 변화를 요구하고 있다. 그러함에도 변화에 따르는 개혁이 지체되면서 교육 주체들 모두가 어려움을 호소하고 있다.

많은 교사들이 학생과 학부모들의 폭언, 폭행으로 교육자로서 자존심에 타격을 입고 괴로워하고 있다. 명예퇴직을 선택하는 교사들 가운데 다수가 '학생들과 관계가 힘들어서 그만 둔다.'고 한다. 교사가 학생들 앞에 서는 것을 즐겁게 생각하지 못하고 긴장감부터 느끼게 된다면 큰일이 아닐 수 없다. 학교를 그만두는 교사들과 함께 학교를 단순한 직장으로만 생각하겠다는 교사들도 늘어나고 있다. 학생들과 긴밀한 교육적 관계를 맺기 보다는 갈등이 생기면 학교 규칙에 따라 처리하고 되도록 학생의 삶에 개입하지 않겠다는 방어적인 교사들이 늘어가고 있다. 탈권위주의가 개인의 자유와 인격, 개성을 존중하는 생기발랄한 교육공동체로 선순환하지 못하고 시행착오를 겪고 있는 중이다.

이러한 갈등 상황은 학부모, 학생들이 평소 학교나 교사와 원활하게 소통을 하지 못하다가 쌓인 불만을 폭발시키면서 나타나고 있다. 교사들을 무시하는 학부모나 학생들이 갑자기 많아져서 생기는 현상이 아니라 이제 존중받아야 하는 자아, 개인을 발견한 사회가 학교와 서투르게 대화를 하고 있고, 새로운 균형점을 찾아가는 과정이라고 해야 할 것이다. 해결 방법은 소통의 폭을 넓히고 소통의 결과를 바탕으로 학부모의 몫과 교사의 몫에 대해 새로운 합의를 하는 것이다.

학교에서는 모든 사람이 인권을 존중받아야 한다. 그리고 함께 공부하는 친구들의 배움의 권리를 존중하여 기본적인 예의를 지켜야 한다. 학부모는 자녀에게 어릴 때부터 자신의 자유와 인권을 소중하게 생각하는 것과 함께 타인의 인격과 권리를 존중하도록 가르쳐야 하고, 학교의 교육공동체에 책임을 져야 한다. 교사는 학생한 사람 한사람을 소중한 인격체로 존중하는 바탕에서 교육을 해야 하고, 학생들이 타인의 인격과 권리를 침해하거나 쾌적하게 교육 받을 권리를 침해하는 경우에는 책임감과 인내심을 가지고 가르쳐야 한다. 이 때 필요한 것이 사회가 교사들을 신뢰하고 교육자로서의 권위를 인정해 주는 것이다. 물론 교사들에 대한 신뢰는 강조한다고 되는 것이 아니라 부단한 실천과 소통이 더해지면서 차츰 쌓아가는 것이겠다. 그 출발점은 바로 원활한 소통을 가능하게 하는 제도를 마련하는 것이라고 생각된다.

학교나 교사들에게 불만이 있는 학부모들은 대부분의 경우, 교장이나 담임 교사에게 곧바로 문제를 제기하지 못한다. 자녀가 그 학교에 계속 다닐 거라면 아무래도 불이익을 당할까 걱정이 되기 때문이다. 바로 이 문제를 해결해야 한다. 소통을 통하여 갈등을 해결해 나갈 수 있어야 한다. 학부모와 교사가 서로의 입장을 나누고 이해의 폭을 넓혀 해결할 수 있는 문제도 있고, 교사가 잘못에 대해 책임을 지도록 해야 하는 경우가 있고, 학부모가 자녀를 제대로 가르치지 못하여 발생한 사단에는 학부모가 보다 분명하게 책임을 지도록 해야 하는 경우가 있을 것이다. 이러한 소통 과정이 쌓여 점차 의미 있는 사회적 합의가 이루어질 것이다.

혁신학교들에서 실시하고 있는 학부모총회, 교육과정 설명회, 생활협약 같이 정하기, 축제나 수업 참관 등 교육활동 참여 확대, 학년말 평가회 등 소통의 방안이 모든 학교에서 실천되어야 한다. 여기서 한걸음 더 나아가 심각한 교육 갈등을 소통하고 중재하고

2011년 영동포고 하계 교사 연수에서 주산 저수지를 배경으로 모인 영등포고 선생님들. 경북 ○○
○○○ ○○ ○○○, ○○ ○○○ 일대에서 2박 3일로 산천 경계 유람하면서 심신을 다지고 하고 교육
과정과 학생지도에 대해 진지하게 토론하면서 공감대를 확대하였다.

처리하는 기관이 지역의 교육지원청에 마련되어야 한다. 교육신
문고를 설치하여 공모제 인권담당관을 임명하여 담당하게 해야 한
다. 교육신문고에는 교사, 인권전문가, 학부모들로 위원회를 구성
하여 밀려드는 민원을 해결해 나가야 한다. 학부모나 학생이 학교
와 교사에게 불만이 있는 경우 손쉽게 신고할 수 있어야 한다. 교
사들도 학부모나 학생들로부터 부당한 인권 침해를 받은 경우 지
지를 받을 수 있어야 한다. 인권담당관은 시민운동가, 인권운동가,
변호사들 가운데 공모하여 선임하면 좋을 것이다.

서울에는 11개 교육지원청이 있어서 2~3개 구의 학교들을 관할하고 있다. 교육청을 교육지원청으로 바꾸고 많은 변화를 시도하고 있으나 여전히 지원청이 아니라 감독관청의 위상이 강하다. 학교에서, 교사들이 도움이 필요하면 스스럼없이 지원을 요청할 수 있는 기관으로 거듭나야 한다. 그런가 하면 학부모들이 어려움을 호소하면 불편하지 않도록 처리해 주어야 한다. 해마다 4만 명이 넘는 학생들이 학교를 떠난다고 한다. 이 학교 밖 청소년들이 언제든 찾아가 도움을 받을 수 있는 곳이 되어야 한다. 그렇게 교육지원청이 변화하는 중요한 디딤돌이 바로 소통과 중재의 기능을 갖는 인권담당관 제도, 교육신문고라고 생각한다.

빠르게 변화하는 21세기 사회에 필요한 인재는 제대로 소통할 줄 아는 인간이라고 한다. 교육이 그러한 시대의 요구를 충족시키기 위해서도 갈등을 생산적으로 해결해 나가는 능력을 키워야 한다. 사회의 변화에 따르는 학교의 변화를 이야기하였는데 그 바람직한 도달점은 배려와 우애의 교육공동체이다. 인성교육이 필요하다는 말들을 많이 하는데 도덕 교과서를 새롭게 만들고 도덕 시간을 더 늘린다고 될 문제가 아니다. 자유롭고 주체적인 개인들이 서로를 존중하고 배려하고 우애의 관계를 맺는 것이 바로 더 인간적인 사회, 더 행복한 사회를 만드는 길이라고 생각한다.

마구벽
입시경쟁교육
핀란드 교육에서 대안을 생각하다

한계에 이른 입시 경쟁 교육

2016년 교육부 조사에 의하면 사교육비 총규모는 18조 1천억 원으로 2천 3백억 원 증가하였다고 한다.[2] 사교육비의 규모가 엄청나 이만 한 돈을 공교육비로 쓸 수 있다면 얼마나 좋을까 생각해 보게 된다.[3] 엄청난 사교육비 규모도 그렇지만 월 소득 700만 원 이상의 최상위계층과 월 소득 100만 원 이하 계층의 월평균 사교육비 격차가 8.8배로 교육 불평등을 심화시키고 있고, 주당 사교육

2) 전체 초중고 학생 수는 588만 명으로 전년대비 3.4% 감소하였다.
3) 국가평생교육진흥원의 학부모지원센터의 공식 블로그에 올라온 2018년 교육부 예산안을 보면 유초중등 부문 53.7조 원, 고등교육 부문 9.4조 원이다.

참여 시간이 평균 6.0시간이나 되어 학생들이 과중한 '학습노동'을 하고 있다. 〈사교육 걱정 없는 세상〉에서 2017년 조사한 바에 따르면 자립형 사립고를 희망하는 중3 학생들 가운데 40%가 넘는 학생들이 월평균 100만 원 이상의 사교육비를 내고 있고, 자사고, 과학고에 다니는 학생들의 30% 이상이 월평균 100만 원 이상의 사교육비를 부담하고 있다고 한다. 또 자사고나 과학고 등에 진학을 희망하는 중3 학생들의 60% 이상이 주당 14시간 이상(하루 평균 2시간) 사교육을 받고 있고, 고1학생들 26.5%는 수면 시간이 하루 평균 5시간 미만이라고 응답하였다.

입시 경쟁교육은 학부모들의 사교육비 부담을 가중시키고, 학생들에게 과다한 '학습노동'을 강요하고 있을 뿐만 아니라 계층 간 교육 불평등을 심화시켜 사회의 통합력을 약화시키고 있다.

극심한 입시 경쟁교육이 학생들을 불행하게 만들고 있다. 우리나라의 인구 10만 명당 자살률은 2011년에 31.7명(자살자 수 15,906명)을 정점으로 2015년 26.5명(자살자 수 13,513명)으로 12년째 OECD 국가 1위를 기록하고 있는 가운데 청소년 사망 원인 1위가 자살일 정도로 청소년 자살도 수가 많다. 세계일보와 중앙일보의 보도에 따르면, 2009년 한 해 202명이었던 자살학생 수는 2014년 118명, 2015년 93명으로 점차 줄어들었다. 그러나 2016년 다시 108명으로 늘어났다. 동아일보의 보도에 따르면 2014년 중고교생이 자살 당시 겪었던 고민은 성적 문제가 26.8%로 가장 높았고 뒤이어 우울감 21.1%, 가정 내 갈등 18.3% 이었다. 성적 비관

OECD 회원국 자살률 (단위: 명, 인구 10만명당 기준)

일러스트레이션=한규하 기자

29.1 한국
19.4 헝가리
18.7 일본
18.6 슬로베니아
17.4 벨기에
16.6 에스토니아
15.8 핀란드
15.8 프랑스
15.3 폴란드
14.2 체코
12.0 OECD 평균

자료: 경제협력개발기구(OECD) 건강 통계 2015

성적비관 자살학생수 현황 (단위: 명)

■ 자살학생수
■ 성적비관으로 인한 자살학생수

연도	자살학생수	성적비관으로 인한 자살학생수
2009	202	23
2010	146	18
2011	150	16
2012	139	16
2013	123	12
2014	118	9
2015년 8월17일 현재	61	14

자료: 새누리당 강은희 의원

OECD 회원국 자살률과 성적 비관 자살학생수 현황 (세계 일보 2015년 8월 31일)

자살 학생수는 이미 2015년에 증가세로 돌아섰다.[4] 한 교육계 관계자는 "학생의 자살 문제는 학생, 가정의 개인적 차원을 넘어 사회적으로 접근해야 한다."면서 "정부 각 부처가 협력적 대응체계를 마련해 국가 차원의 체계적이고 종합적인 예방대책 수립 및 추진이 필요하다."고 강조했다. 자살의 원인을 보면[5] 성적, 진학에

---

4) 세계일보 2015년 8월 31일, 동아일보 2015년 5월 26일, 중앙일보 2017년 9월 14일
5) 통계청이 2012년 발표한 자료

2부 교육의 봄을 위하여   81

대한 고민이 39.2%로 나타나 가장 큰 비중을 차지하고 있다.

　이렇게 막대한 기회비용을 지불하고 있는 입시 경쟁교육이 교육적으로 바람직한가는 따로 논의하기로 하더라도, 과연 이 비용들이 국가 경쟁력을 높이는 데에 도움이 되고 있을까? 불행하게도 답은 부정적이다. 경쟁과 선발을 위해서는 평가 척도가 필요하고, 경쟁은 그 틀에 얽매이게 된다. 학력평가로 점수를 매기면 학생들은 시험에 나오는 부분만 공부하고 그 이상은 배우려하지 않게 된다. 시험 위주의 교육은 학생들의 역량을 향상시키는 데에 부정적인 시스템이 되고 만다.

　한국 사회의 기득권 세력이 의도하던 의도하지 않던 이 입시경쟁교육은 효과적인 계층 세습 장치가 되고 있고, 이를 합리화해 주는 기능을 하고 있다. 막대한 사교육비를 부담할 수 있느냐에 따라 경쟁의 결과가 좌우됨에도 불구하고, 수학능력시험은 '공정한 선발'이라고 합리화 한다. 치열한 입시 경쟁은 학생들을 개별화하고 사고의 여유를 빼앗아 자연과 사회, 인생을 성찰하고 사회의 공동선에 대해 깊이 있게 천착하는 것을 사치로 만들어 버린다. 그뿐인가? 청년실업이 증가하고 비정규직 노동자가 넘쳐나도 모든 실패의 원인은 개인에게 돌려져, 사회구조의 문제는 연기처럼 사라지고 만다. 이보다 더 기막힌 사회 통제 장치가 없다.

2015년 11월 경 조정래 선생님께서 교육소설 「풀꽃도 꽃이다」 를 계획하시고 의견을 나누기 위해 전교조 서울지부 사무실을 찾아 오셨다. 기부에서는 선생님들과 의견을 나누고 현장을 살펴보길 수 있도와 도와드렸고 이듬해에 책이 출판되어 국회에서 토론회를 갖기도 하였다. 과도한 입시경쟁, 교액과외, 저소득층의 교육소외, 학교폭력, 청소년 노동 착취 등 일그러진 우리나라의 교육현실이 적나라한데, 강고면 선생 어록은 강력한 교육민주화에서 따온 말이라고 한다.

정부가 바뀔 때마다 교육 개혁을 이야기 한다. 대학입시 중심의 경쟁교육이 낳은 폐단이 심각하기 때문에 정권마다 예외 없이 교육을 바꾸겠다고 한다. 그러나 역대 정부의 교육정책들은 입시위주 경쟁교육을 본격적으로 '혁명'하지 못하는 미봉책이거나, 국가 경쟁력을 강화시키기 위해서는 교육의 수월성을 강화해야 한다는 처방을 내려 교육 현실을 더 악화시켜 왔다.

'백만 명을 먹여 살릴 수 있는 한 명의 뛰어난 인재'를 기르는 경쟁력 있는 교육을 강조하고, 일제고사를 실시하여 학력을 관리하고 향상시키려고 하였다. 교육부를 '교육인적자원부'로 바꾸기도 하였다. 그나마 유지되고 있던 고교 평준화를 해체하여 고등학교들을 서열화하였다. 학생들은 초등학생 때부터 자사고, 특목고 등 명문고에 가기 위해 사교육에 매달린다. 자신의 적성과 소질을 찾기 위한 다양한 활동을 해 보고 시행착오도 겪어 보아야 하는데 그러한 틈을 주지 않는다. 교육이 인간을 보살피는 일, 한 사람 한 사람 어린 새싹들을 잘 보살펴서 인격과 역량을 갖춘 주체로 성장하도록 돕는 일이라고 한다면 우리의 교육은 '교육다움'을 잃어버린 지 오래이다. 말만 공교육이지 한국의 학교들은 이미 사설 학원이나 다를 바 없게 되었다. 학생들이 학교를 다니는 이유도 학부모가 학교에 바라는 것도 명문대에 갈 수 있게 공부 가르쳐 달라는 것뿐이다.

이러한 우리의 교육현실에 대해 심각하게 생각하고 탈출구를 찾아보려고 하는 사람들에게 핀란드 교육이 큰 관심을 받고 있다. 핀란드는 OECD가 15세 학생들을 대상으로 3년마다 실시하는 PISA(국제학업성취도평가)[6]에서 한국과 함께 두드러진 성취도를 보이는 두 나라로서 다른 나라의 주목을 받고 있지만 교육 현실에는 많은 차이가 있다.

한국 학생들의 과외 공부 시간은 핀란드의 3배이고 OECD 평균

---

6) 핀란드는 2003년에 문제해결력 3위, 읽기 1위, 수학적 소양 2위, 과학적 소양에서 1위를 하는 등 1997년 PISA 테스트가 처음 시작된 이래 계속 높은 순위를 유지하고 있다.

에 비교하여도 예외적으로 높다. 우리 학생들이 엄청난 경쟁과 학습 시간에 매달리는 것과 다르게 핀란드 학생들은 즐겁고 행복하게 학교생활을 하면서도 높은 학력을 내고 있다고 하니 놀라운 일이 아닐 수 없다.

핀란드 학생들에게서는 "자신을 위해 공부하는 건 당연하지요. 우리가 공부를 하든 말든 선생님한테는 남의 일인 걸요."라는 말이 자연스럽게 나온다고 한다. 핀란드에서는 교실에서 학생들을 추궁하거나 통제하지 않는다. 수업에 적극 참여하지 않아도, 교사의 지시를 따르지 않아도, 과제를 하지 않아도 인내심을 가지고 기다려 준다. 수업에 적극적인 학생을 중심으로 공부하는 분위기를 연출하여 소극적인 학생들도 수업에 참여하도록 유도한다. 학급 정원은 대개 초등 25명, 중학교 18명이 상한선이어서 개별 지도가 가능하다.

수업은 능력별 집단화가 아니라 이질 집단 편성을 원칙으로 하고, 개별 학생의 요구와 흥미에 기반하여 진행된다. 빈곤 가정의 아이들은 이질 집단에서 배울 때 자아효능감이 높아지고, 부유한 계층의 아이들도 다양성에 대해 인식하고 배려할 줄 알게 된다. 교실에서 이루어지는 협동 학습을 통해 학습 효과의 강화와 사회성 양성이라는 두 마리 토끼를 잡는데 성공하고 있다. 학력과 인성의 조화로운 발전이 이루어지고 있다.

'교실에서 단 한 명의 학생도 버릴 수 없다.'

이러한 차이는 교육에서 경쟁을 어떻게 볼 것인가 하는 철학의 차이에서 비롯되고 있다. 한국은 '능력 있는 자에게 월등한 보상'을 주는 것을 당연하게 생각한다. 오랜 기간 과거 시험으로 인재를 선발하고 고시를 통해 '용'을 선발해 온 전통에서 비롯된 것일까? 교육을 통해 뛰어난 인재를 길러 내는 데에 관심이 높다. '빌 게이츠 같은 뛰어난 한 사람이 백만 명을 먹여 살린다.'는 발상은 교육을 통하여 국가 경쟁력을 강화해야 한다는 생각에서 나온 것이겠으나, 마땅히 모두가 주체로 성장하도록 하는 초·중등교육의 기본 방향을 세우는 데에는 문제가 될 수밖에 없다.

결국 학생들은 '뛰어난 인재'가 되기 위해 치열한 경쟁에서 자신을 입증해야 한다. 경쟁교육에서 승자가 된 학생들, 소위 SKY에 합격한 학생들이 학력 자체를 가지고 우대받는 것이 당연하게 되었다. 이러한 경쟁은 점점 더 가열되어 '경쟁효과'의 몇 천배나 되는 부작용을 가져오고 있다.

교육 정책에서 큰 성공을 거두고 있는 핀란드 교육에는 그런 치열한 경쟁이 없다. 학생들 사이에 다른 적성과 소질은 있지만 누가 우수하고 누가 열등하다고 생각하지 않는다. 한국 교육이 뛰어난 단 한 명의 인재를 염두에 두는 것과 달리 핀란드는 '교실에서 단 한 명의 학생도 버릴 수 없다.'는 생각으로 교육을 하고 있다.

이러한 사고방식의 차이를 수월성을 우선하느냐, 평등성을 우선

하느냐의 문제로 이야기하지만 핀란드 교육은 교육의 질과 평등성을 모두 충족시키고 있다. 핀란드 학생들이 PISA에서 좋은 성적을 거둔 것에 대해 핀란드의 교육부 장관이었던 툴라 하타이넨은 "9년 동안 차별 없이 모든 아이들에게 똑같이 투자하고 똑같은 교육 여건을 제공하면 최선의 결과가 나온다."고 했다.

핀란드에는 사교육이 없을 뿐만 아니라 가정환경에 따른 학력격차도 거의 없다. 핀란드에서는 잘못하는 아이들을 끌어가긴 하지만 잘하는 아이들은 더 잘하라고 다그치지 않는다. 핀란드의 핵심적인 교육과제는 공부 못하는 학생에게 초점이 맞춰져 있다.

물론 핀란드 교육에도 고민은 있다. 2009년과 2011년에 핀란드의 PISA 성적은 여전히 높기는 하지만 다소 주춤해졌는데 지속적인 교육개혁이 이루어지지 않은 데에 원인이 있다고 한다. 또 절반이나 되는 학생들이 '교사들이 자신들에게 관심이 없다.'고 응답하여 '교육적인 관계 맺기'에 어려움을 겪고 있는 것이 아닌가 한다. 핀란드 교육의 장점을 배울 때에도 우리와 다른 사회, 문화의 환경, 교육 여건 등을 고려하지 않으면 실패로 귀결될 가능성이 있다는 점을 유의해야 하겠다.

핀란드 교육에는 경쟁이 없다!

OECD는 기초교육의 목적을 젊은이들이 사회에서 활용할 수 있는 힘을 익히는 데 두고 사고력, 표현력, 응용력을 중심으로 PISA 출제를 하고 있다. 이는 교육의 목적을 산업발전이나 지식획득에 두지 않고, 사회의 안정된 기능 확보, 일종의 인프라 정비로 바라보게 되었다는 의미이다.

OECD는 2004년에 학생들이 성취해야 할 핵심 역량을 '도구(언어, 정보, 수학, 과학, 기술)를 상호 소통적으로 사용하는 능력', '서로 다른 집단 안에서 상호 교류하는 능력', '자율적으로 행동하는 능력'의 세 가지로 범주화한 바 있다.

이미 10년 전에 정립된 학력 개념에 비추어 볼 때도 한국의 선택형 객관식 시험을 척도로 하는 평가시험, 경쟁 교육은 목적을 이룰 수 없다는 점이 분명해진다.

핀란드 교육도 우리와 같이 중학교 단계까지는 사회적 인간으로 발달하는 데 필요한 기초를 다지는 교육이, 고등학교 단계부터는 전문성을 키우는 교육이 실시된다. 다른 것은 기초 학교, 중학교까지는 서열을 매기는 평가 방식은 법적으로 엄격하게 금지된다고 한다. 학생들을 스트레스로부터 보호하고 공부에 대한 올바른 태도가 형성된 다음부터 경쟁을 인정한다. 최소한 배움의 초기 단계에서 학생들의 정서와 태도에 절대적인 영향을 미치는 교실은 경쟁이 아니라 유쾌한 협동과 배움의 장이어야 한다는 생각이다. 고등학교는 학교 간 차이가 없어서 대부분 가까운 학교로 진학한다고 한다.

대학입학 자격시험은 1년에 두 번 실시되는데 연속으로 세 번

응시하여 지정된 4과목에 합격하면 기초자격을 딸 수 있다. 시험 문제는 모두 서술식으로 한 과목당 6시간이 주어진다. 대학입시는 대학입학자격시험의 성적과 대학별로 실시되는 입학시험의 성적으로 결정된다. 1년에 단 한 번 치러지는 시험, 선택형 객관식 시험으로 실시되어 1문항을 더 맞느냐 여부로 등급이 달라지고 갈 수 있는 대학이 달라지는 우리의 수학능력시험과는 많이 다르다. 무엇보다도 핀란드에는 명문대학을 졸업해야 사회적으로 유리하다는 인식 자체가 없다고 한다. 핀란드도 고등학교 졸업자의 약 30%가 일반대학에, 35%가 고등전문학교에 진학하는 고학력 사회라고 한다.

핀란드 교사들

교사들이 서있는 자리도 서로 다르다. 핀란드의 교사들은 교육을 담당하는 전문직 종사자로 존중받고 있다고 한다. 권한은 작고 책임은 큰 한국 교사들과 달리 핀란드 교사들은 교과과정 편성과 운영에서 절대의 재량권을 보장받는다.

교육개혁을 추진하면서 교원의 질을 높이기 위해서 1970년대 중반부터 교원들에게 석사 학위를 요구하는 변화를 꾀하였다. 핀란드의 교사들은 학생은 물론 학부모, 지역사회, 그리고 국가로부터 절대적인 신뢰와 지지를 받고 있다. 책임과 함께 교육과정 편성권을 비롯한 권한을 가지고 있다. 교사들은 학생들의 성적 향상을 위한 노력과 준비에 여념이 없이 지낸다. 많은 문서를 처리하느라 바쁜 한국의 교사들과 대조적이다. 교사들은 학생과의 관계가 너무 좋아 학교생활이 즐겁다. 교사들은 도덕적 기개가 높고 교육자적 열의가 높다.

핀란드의 교사들은 엄격한 훈육이나 권위 행사를 다소 줄이면서 교사와 학생, 학생과 학생들이 서로 존중하고 배려하는 교육을 지향하고 있다.

교사들은 2년에 한번 학생, 학부모로부터 평가를 받고, 교장들은 교사들로부터 평가를 받는데, 그 결과를 가지고 교장과 교사가 개선점을 토론한다. 평가 결과는 개선을 위한 것이어서 인사고과와 무관하다.

교사들은 양성과정에서 사고력을 평가하는 필기시험, 집단 면접을 통한 적성검사, 아이를 얼마나 좋아하는지와 연구 계획을 확인하는 개인면접 통과해야 한다. 교사가 되기를 원하는 학생들 가운데 10%만이 교사가 될 수 있을 정도로 경쟁이 심하다고 한다. 교사가 된 후에도 핀란드 교사들은 열심히 공부를 한다. 방학 기간에는 연수에 전념한다. 교사 스스로가 학습의 기쁨을 알고 공부를 하는 사람들이다.

핀란드는 1966년부터 40여 년 간 정부가 바뀌는 와중에도 일관되게 교육개혁을 추진하였는데 그 과정에서 정부는 교사들과 교원노조를 개혁의 동반자로 중요한 역할을 하게 하였다. 지속성 있는 리더십으로 교육개혁을 추진한 것이 개혁을 성공으로 이끈 요인으로 꼽힌다. 1990년대 핀란드는 사회 민주주의를 토대로 규제 완화와 분권화라는 신자유주의를 받아들여 학력에 대한 사회적 인식이 바뀌었다. 거의 모든 권한이 일선학교로 위임되었고 정부는 교육 여건의 정비와 정보제공에 전념하게 되었다. 불필요하게 된 관리나 감시에 소요되던 인력 대신에 교사를 늘려 학급당 학생 수를 줄일 수 있었다. 신자유주의 교육정책은 미국, 영국, 한국에서는 격차를 전제로 하는 시장원리를 도입한 결과 소수가 특권을 유지할 수 있게 된 반면에, 핀란드에서는 현장에 권한을 부여하고 전체적인 수준을 향상시켜 격차를 없애는 방향으로 전개되었다.

1972년부터 1992년까지 교육개혁을 주도해 온 에르키 아호는 핀란드 교육을 성공하게 만든 제도 요인으로 모든 학생들에 대한 평등한 기초 교육 제공, 교사의 전문성 강화, 지속성 있는 리더십, 교육혁신에 대한 사회적 인식, 학교와 교사에게 많은 재량권을 주는 유연한 책무성, 교육에 대한 신뢰 등을 꼽았다. 핀란드 정부와 교사, 교원노조가 손을 잡고 교육의 공공성을 강화하는 개혁을 제대로 추진함으로써 국민들의 신뢰를 이끌어 냈다고 하겠다.

무엇보다도 핀란드 교육개혁에는 보편적 복지와 사회평등의 기본 이념이 바탕이 되었다. 단 한 명의 낙오자도 허용하지 않겠다는 교육적 노력을 기울이게 된 데에는 적은 인구와 힘든 자연환경을 가진 나라가 주변의 강대국들과의 경쟁에서 살아남기 위해서는 한 사람 한 사람이 모두 제 역할을 해야만 한다는 생각에서 비롯되었다고 한다. 핀란드 교육제도의 바탕에는 사회 복지국가 체제가 있는 것이다.

'교육 혁명'과 '사회 혁명'

수능시험을 대학입학 자격시험으로 바꾸고 대학교를 통합 네트워크로 만들어 공교육을 정상화하자는 전교조 정책대안이 공론화되자 전교조 사무실에 한 분이 전화를 해 오셨다. "이상적인 제안인데 현실은 전문직, 공무원, 대기업 정규직 등 한정된 자리를 놓고 경쟁을 할 수밖에 없지 않은가? 어떻게 경쟁을 없앨 수 있는가? 대학입시를 폐지한다지만 경쟁을 뒤로 미루는 것밖에 안 된다."는 말씀을 하셨다.

한국 사회는 학력간, 정규직과 비정규직간 임금 격차가 매우 크다. 명문대에 진학해야 좋은 직업, 좋은 일자리를 얻을 수 있으니 경쟁이 심해질 수밖에 없다. 말하자면 치열한 입시경쟁은 교육문제가 아니라 사회문제인 것이다. 직업에 귀천이 없고 임금 격차가 크지 않다면 그렇게 까지 명문대에 꼭 들어가야겠다고 경쟁을 하지 않을 것이기 때문이다. 우리 사회의 입시경쟁을 두고 '모두가 서서 영화 보기'라고 함축적인 비유를 하기도 한다. 함께 편안하게 영화를 관람하게 만들고 싶으면 모두가 앉을 수 있는 자리가 있다는 것을 보여 주면 되는 것이다. 개인의 미래가 불확실한 상황에서는 치열한 학력 경쟁이 일어날 수밖에 없으므로 교육을 바꾸려면 사회를 바꾸어야 하는 것이다. 핀란드에서 사회 복지체제가 교육 개혁의 바탕이 되었던 것은 이미 살펴 본 바이다.

한국 교육은 모두가 함께 성장하는 것보다는 경쟁과 선발, 서열화에 익숙해 있다. 교육의 공공성, 평등의 가치에 대한 사회적 인식이 취약하여 교육을 사적인 기회로 인식하는 경향이 강하다. 교육은 한 사람 한 사람의 발전을 돕는 것임과 동시에 사회 공동체의 기반을 마련하는 일이기도 하다는 인식이 높아져야 한다. '개천에서 용이 나온다, 지금은 못 나온다.'는 이야기들은 이제 '뭇 생명들이 건강하게 어울려 사는 개천' 이야기로 바뀌어야 할 것이다.

교육을 제대로 바꾸려면 교육철학이 바뀌어야만 한다. 모든 학생들은 제대로 교육받을 권리를 갖고 있다. 교육은 학생 한 사람한 사람이 자아를 실현할 수 있도록 도와주어야 한다. '교육 혁명'을 꿈꾸는 것은 보다 인간적인 사회, 인간의 존엄성을 소중하게 생각하는 사회, 더불어 사는 평등한 사회에 대한 소망이다.

혁신학교에서 만들어 낸 우리 교육의 희망

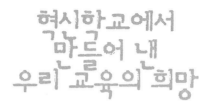

참교육실천 활동과 혁신학교 운동이 만나다

10년도 더 전의 일이지만 기억에 뚜렷이 남는 일이 있다. 전교조 사무실에 학원 강사라는 분이 한 가지 쓴 소리를 하겠다고 전화를 걸어 왔다.

"참교육을 주장만 하지 말고 전교조가 직접 제대로 된 학교를 만들어서 참교육이 얼마나 훌륭한지를 보여 주면 되는 것 아니냐?"

대답하기가 참 난감하였다. 정부와 전교조가 교육 정책을 놓고 서로 소통은커녕 최소한의 신뢰 기반마저도 마련하지 못하고 있는 상황인데, 전교조가 공교육 안에서 학교를 세워 실천한다는 것은 현실적으로 불가능한 일이었기 때문이다. 공교육 체제에 속하

전교조 전국 연수 모습. 전교조는 해마다 겨울 방학 때 전국 연수를 열어 한 해 동안의 활동을 평가하고 다음해 계획을 세운다. 또 전국 단위, 시도 단위 참교육 실천대회를 열어 수업, 학생 생활 등 교육 경험을 폭넓게 교류한다.

는 초중고 학교를 세우는 일부터 어려움을 겪을 것이고, 중앙집권적 교육 정책, 입시경쟁 교육 등의 벽을 넘을 수가 있을까? 온 천지가 겨울인 상황에서 잘 가꾸어 참교육의 꽃을 피워내 보라고 하는 셈이다. 또 무엇을 교육의 성과로 보느냐 하는 것이 다를 터인데 성과를 만들어 보이면 될 것 아니냐고 하니 참 대답하기가 쉽지 않았다. 이러한 발상에는 학교와 교실을 규정하는 교육 정책과 제도, 교육 문화, 사회구조의 문제들을 학교나 교실 단위의 교육실천으로 분해하여 버리는 함정이 있다. 그럼에도 그 분의 말씀대로 학교를 맡아 제대로 학생들을 가르칠 수 있으면 좋겠다는 생각을 가졌다.

전교조는 그동안 입시폐지 대학평준화, 사학민주화와 사립학교법 개정, 학생 인권의 신장, 교원평가 성과급 반대, 역사 교과서 국정화 반대 등 교육제도의 개혁을 위한 운동과 함께 교과별 교사모임, 작은 학교 살리기 운동, 학교 혁신 운동을 비롯한 참교육 운동을 꾸준히 전개해 왔다. 그 실천의 양과 깊이에 있어서 참교육 실천 활동은 제도개혁 투쟁이나 교사 노동운동을 훨씬 능가한다.

이러한 참교육 운동으로 교육 실천이나 학교 문화에 많은 변화를 가져왔다. 학교에서 권위주의를 사라지게 만들었고 교실의 수업은 몰라보게 달라졌다. 참교육 운동이 심화되면서 교육정책, 교육제도, 교육문화가 근본적으로 바뀌어야만 한다는 인식이 더 확산되고 있다. '대안의 성장'이 이제 '구조를 바꾸는 혁명'을 절실하게 요구하고 있는 셈이다.

한국 학생들의 교육시간은 세계 최고이고 행복지수는 OECD 국가 중 꼴찌라고 한다.[7] 비슷한 학업 성취도를 보이는 핀란드 학생들보다 2배 정도 공부를 한다. 야간 자율학습이나 보충수업을 억지로 한다는 학생들이 절반을 넘고 많은 학생들이 잠을 잘 시간이

----

7) 유니세프(UNICEF)가 만든 어린이·청소년 행복지수는 친구 관계, 주관적 행복, 건강, 물질적 행복, 교육, 보건과 안전 등 6가지 영역으로 구분하여 측정한다.

부족하다고 한다. 이러한 상황을 보면서 90.4%의 교사들이 "현재, 학교 교육이 위기라는 말에 동의하십니까?"라는 질문에 "예"라고 응답하였다.[8]

이러한 답답한 현실에 큰 변화의 계기가 된 것은 2007년 이후 실시된 교육감 주민 직선제의 실시였다. 전교조가 전개해 온 참교육 운동과 학교 혁신 운동은 2009년 경기, 2010년 경기, 강원, 전북, 서울, 광주에서 당선된 진보 교육감들과 만나 혁신학교 운동으로 발전하게 된 것이다.

혁신학교는 어떤 학교인가? 전교조는 2013년 혁신학교의 학교 혁신운동으로 세 가지 실천 방향을 설정하였다.

첫째, 학교를 행정 중심에서 교육 중심으로 바꾸어야 한다. 전시 위주, 서류 중심에서 벗어나 학교업무를 정상화하여 학교를 바꾼다.

둘째, 학교를 통제 중심에서 소통 중심의 자치 공동체로 바꾼다.

셋째, 경쟁과 차별이 아닌 발달과 협력의 교육과정을 추구하여 학교를 학생의 삶이 중심인 공동체로 바꾸어야 한다.

교육 주체들을 소외시키지 않고 교육공동체의 주인이 되는 학교를 만들겠다는 방향 설정이었고, 혁신학교 운동의 기본 방향이 되었다.

---

[8] 전교조가 실시한 2014년 설문조사 결과, 이 질문에 학부모의 82.3%, 학생의 87.1%가 동의한다고 응답하였다.

생활협약, 학생들을 주인으로

혁신학교에서는 학생들이 치열한 토론을 거쳐 자신들의 약속으로 생활협약을 정하게 되었다. 선사고등학교에서 '생활협약 포럼'를 열어 교사, 학생이 한 자리에 모여 토론을 하는 장면은 자체가 감동이었고 그렇게 정해진 협약을 학생들이 약속으로 존중하게 되었다는 점이 훌륭하였다.

지키기 어려운 많은 규칙들을 폐지하고 꼭 지켜야 할 것들만을 정하도록 하고 그 결과를 보고 실천 방안을 마련하고 협약을 보완해 나갔다. 협약은 '8조 법금'이라고 정하는 것처럼 간단하고 내용이 분명하게 마련되었다. 1년 동안 시행해 본 결과를 바탕으로 공청회를 열어 평가·토론한 결과를 바탕으로 불합리한 부분을 고쳐 나가게 되었다. 교사들이 정하는 생활규칙 대신에 학생들이 스스로 정하도록 하는 생활협약에서 보는 것처럼 혁신학교는 무엇보다도 학생들의 인권을 존중하게 되었다. 학교 사회의 바탕에 정의와 존중, 배려가 흐르게 되었다. 학생 자치 활동을 통하여 학생들은 민주주의를 책으로만 배우는 것이 아니라 체험으로, 생활로 경험하게 되었다.

학교가 지나치게 통제 위주로 교칙을 정하였던 것은 집단주의에 기울어 있었다고 해야 한다. 혁신학교는 개인의 자유와 인권을 소중히 하면서도 학교를 교육공동체로 생각하는 바탕에서 생활협약을 정하고 누리게 되었다.

체벌이나 언어폭력이 자주 일어나는 곳으로 학교를 꼽은 학생들의 비율은 혁신학교 학생 38.5%, 일반학교 74.9%로 나타났고, 성적에 따라 차별이 있느냐에 대해서는 전혀 없거나 별로 없다고 응답한 학생들이 일반학교 55.9%, 혁신학교 71.8%로 나타났다.[91]

교실 혁명

참여와 협력 중심으로 수업을 혁신하여 배우는 즐거움을 느낄 수 있도록 하고 있다. 교사들은 학년별, 교과별로 공동 연구, 수업 공개를 통하여 기꺼이 자신의 교육을 드러내고 동료교사들과 함께 스스로를 발달시켜 가고 있다. '우리 같이 모여 수업 연구를 해 볼까요?', '선생님 수업을 좀 보고 배우고 싶은데요.'같은 말을 스스럼없이 할 수 있는 분위기를 만들어 준다고 한다.

혁신학교의 수업은 2교시를 연이어 하는 블록 수업, 토론 수업, 역할극, 프로젝트 학습, 주제통합 수업 등 활동 중심으로 바뀌었다. 수업 시간에는 질문과 토론이 살아나게 되었다. 학교 행사는 교육과정과 연계하여 더 다양하게 이루어지게 되었고, 학생들이 스스로 만들어 가는 과정 자체를 중요하게 생각하게 되었다. 또 학생들의 자발적 동아리 활동을 적극 지원하게 되었다. 교실 안과 밖

91) 2014년 전교조 설문조사

을 넘는 학습, 여유 있는 놀이 시간을 주어 교육효과를 거두는 비형식 학습 등 다양하고도 유연한 교육 방법을 도입하여 배우는 즐거움, 가르치는 즐거움을 느낄 수 있게 되었다.

선사고등학교는 기본적으로 모든 학급을 ㄷ자형으로 좌석을 배치하여 모둠, 협력 수업을 지향하고, 실제 수업은 교과 교사가 선택적으로 '배움의 공동체' 수업을 진행하였다. 프로젝트 수업은 일종의 논문쓰기로 모둠으로 진행되는 협력 프로그램이다. 학생들은 학습 동아리를 만들고 교사들이 지도교사로 활동하였다. 창의적 체험 시간에는 국악과 공예 수업을 하고 각종 교양강좌를 진행하였다. 틀에 박힌 교육과정을 넘어 학생들에게 배우는 즐거움을 느낄 수 있도록 하였다.

학부모들을 참여시키다

학부모들은 교육과정, 교육계획을 안내받고, 의견을 내고, 교육활동에 참여하는 주체가 되었다. 3월 신학기 시작 시기에 학교는 학부모들에게 교육과정 설명회를 열어 학교의 교육계획을 알려 주어 관심을 불러일으키고 준비를 할 수 있도록 하였다. 학부모 대의원 회의를 만들도록 하여 학부모들의 의견을 잘 모을 수 있도록 하였다. 교사, 학생, 학부모 생활협약을 같이 만드는 과정을 통하여 학생 지도에 대한 공감대를 확대하였다. '학교 여는 날'을 만들어 수업을 참관할 수 있도록 하고 학교 행사를 같이 만들어 가면서 참여의 폭을 넓혔다.

학생들은 학교생활에 즐거움을 느끼고, 교사들은 수십 년 교직생활에서 처음으로 '우리 학교' 느낌을 갖게 되었다. 학부모들은 높게만 느껴졌던 학교 문턱이 전혀 느껴지지 않게 되었다. 교사들 사이에서는 '3대가 덕을 쌓아야 혁신학교 교사가 된다.'는 우스갯소리가 돌고, 혁신학교 주변의 집값이 오른다는 이야기까지 나오게 되었다.

학생들은 교육의 대상이 아니라 배움의 주체가 되었고 모두가 가고 싶은 학교, 한 명의 학생도 소외시키지 않는 학교를 만들어 나갔다. 학교 운동장을 사용하는 일도 학년별로 요일을 정하여 돌아가면서 사용하도록 정하였다. 서로 다른 적성과 소질을 갖춘 학생들 모두가 반짝반짝 자기만의 빛을 낼 수 있게 되었다. 학교를 그만두고 싶다는 생각을 할 때가 있느냐는 질문에 일반학교 43.2% 학생들이 조금 또는 매우 그렇다고 응답한 반면에, 혁신학교는 26.4%에 그쳤다. [10]

10) 2013년 혁신학교 설문조사

교육과정 운영, 연간 교육계획은 교사들의 협의로 마련되었고 1년 4학기, 계절 방학 등 교육 효과를 높일 수 있도록 변화하였다. 강명초등학교에서 실시한 4학기제는 봄과 가을 학기 끝에 1주일 정도의 짧은 방학을 두어 지치고 긴장된 학생들에게 활력을 되찾을 수 있는 재충전의 여유를 주어 효과를 보았다.

교사들은 스스로 학교운영의 주체가 되어 더욱 의욕을 가지고 가르치며 배우는 보람을 느끼게 되었다. 혁신학교는 지역사회에도 문을 열어 방과 후 활동 등 다양한 교육 혁신지구 사업을 잘 활용하고, 협력하고 있다. 혁신학교는 학생, 교사, 학부모들을 배움의 공동체의 주인으로 만들어 그들 모두의 힘을 이끌어 내고 있다.

혁신학교 운동이 남긴 과제

혁신학교 운동은 전반적인 교육제도의 개선이 아니라 학교 내에서 할 수 있는 혁신운동이다. 이제 '학교에서 할 수 있는 것은 모두 해 보았다.'는 말이 나오고 있다.

혁신학교 운동을 통해 다시 절감하는 것은 입시경쟁 교육의 벽이다. 2018년 3월 1일 현재 혁신학교 수를 보면 초등 128개 교, 중학교 38개 교, 고등학교 14개 교로서 초등학교가 압도적으로 많은 반면에 중학교, 고등학교로 올라갈수록 신청 학교가 적다.[11] 여러 가지 이유가 있지만 고등학교의 경우 '모든 관심이 대학입시에 몰려 있는데 혁신학교를 통해 얼마나 학교를 변화시킬 수 있겠는가?' 라고 판단하는 교사들이 많기 때문이다.

또 '혁신학교는 공부를 덜 시키고 입시와 상관없는 일들을 많이 시킨다.'는 학부모들의 반대가 혁신학교 지정을 막은 학교들이 많다. 이러한 교사, 학부모들의 판단은 현실을 있는 그대로 반영하고 있다.

혁신학교 운동이 이제 시작된 데에 이유가 있겠으나 교사들은 혁신학교 하면 엄청 고생한다는 생각을 많이 한다. 교사들은 학교의 변화를 위해 수 없이 많은 회의를 하면서 서로 생각을 나누고 방안을 마련해야 하니 힘이 들 터이다. 이러한 고생이 차츰 실천의 경험이 쌓이면서 해결되어 나간다면 모를까 교사들의 끝없는 헌신을 요구한다면 한계가 있을 수밖에 없다. 혁신학교가 지속적인 것이 되려면 필요한 재정과 인력이 더해져야 한다.

혁신학교에서는 교사들의 자발성이 요구되는 반면에 교장 선생님에게는 새로운 리더십을 요구한다. 교사들의 의견을 모으고 창조적인 에너지로 승화시키는 리더십이 필요하다. 과정에서 교사들과 의견이 맞지 않으면 어려움에 직면한다. 교장, 교감 선생님과 교사들 사이의 갈등뿐만 아니라 교사들 사이에도 학생 생활지도에 대한 관점의 차이가 나타나는 일이 많다. 사회 변화와 학생들에 대

11) 2015년 3월 1일 기준으로 서울의 초등학교는 599개교, 중학교 384개교, 고등학교 318 개교로서 최근 큰 변동은 없다. 이를 기준으로 하면 혁신학교의 비율은 초등 21.4%, 중 10.0%, 고등 4.4%이다.

한 이해가 더 깊게 연구되고 거기에 따르는 교육론이 요구된다. 교사들 간, 학교와 사회 사이에 새로운 교육에 대한 합의가 필요하다. 혁신학교 운동은 어려운 교육 현실에서 이루어 낸 희망의 출발점에 불과할지 모른다.

청소년의 거리를 만들고 싶다

이 제안서는 2011년 하반기에, 관악구 시민단체 연대회의에 회의 자료로 제출한 글이다. 시민단체들이 공동으로 관악구청에 청소년 문화센터의 설립을 제안하자고 요청하는 글이다. 당시에 관악구의 난향동에 서울시 소유의 용도가 정해지지 않은 5층짜리 건물이 하나 있었는데 시민단체들 사이에는 이 건물을 어떻게 활용할 것인지 여러 가지 의견이 나오고 있었다.

결국 장애인들의 자활을 위한 협동조합을 들이는 것으로 결론이 나서 청소년 문화센터 설립은 이루어지지 못했으나 서울의 지역마다 청소년 문화센터를 세우고, 청소년의 거리를 만들어야 한다는 꿈은 지금도 변함이 없다.

관악구에는 신림역 부근 순대골목 일대가 청소년들이 많이 모이

2015년 11월 한강 고수부지 체육공원에서 열린 학생의 날 기념 '서울학생농구대회'를 마치고 참가
학생들과 함께 한 모습. 여중, 남중, 여고, 남고부로 나누어 진행하는 농구 대회에서는 길길 삶아
있는 학생들을 만날 수 있다. 전교조 서울지부는 10년 넘게 이 행사를 이어오고 있다.

는 곳이지만 모두 상업 시설이고 편리하게 이용할 수 있는 문화,
스포츠 시설은 없다. 그 곳을 보면서 청소년들의 거리를 상상해 보
았다. 학교가 끝나면 학생들이 몰려가서 편히 놀 수 있는 그들만의
거리…. 한쪽에는 조그만 광장이 있어 저녁마다 학생 동아리들이
길거리 공연을 하고… 학생 청소년들의 웃음소리, 떠들썩한 소리
가 들리는, 그런 공간을 온통 아파트와 상가들만이 빼곡한 이 서울
에서 상상한다는 것은 이루어지기 어려운 꿈일까?

청소년 문화센터의 설립을 제안한다

이성대영등포고 교사, 관악동작학교운영위원협의회

1. 사업의 개요

▷ 관악구 난향동 소재 서울시 소유 공공건물에 청소년 문화센터 설립

2. 제안의 배경

▷ 청소년(중·고교생)들의 현재 상황

– 무한 입시 경쟁으로 과중한 학습노동에 시달리고 있다.

– 높은 청년 실업률로 미래에 대한 불안감이 높다.

– 독자적인 문화나 세대 정체성을 갖지 못하고 개별화되어 있다.

– 입시경쟁에 나설 능력도 없고 부모의 지원도 기대할 수 없는 계층
의 청소년들에게 좌절감과 무기력증을 확대재생산하고 있다.

– 주5일제를 앞두고 있으나 청소년을 위한 인프라가 미비하여, 그
나마 있는 여유 시간마저 컴퓨터 게임이나 PC방 등에서 소일하고

있는 실정이다.

▷청소년(중·고교생)들을 위한 복지·문화 공간이 절실하다.

– 소비의 대상이 아니라 문화의 주체가 될 수 있도록 하는 인프라 구축이 절실하다.

– 2012년부터 주5일제가 실시됨에 따라 청소년들을 위한 문화 복지 프로그램 확대가 요구된다.

3. 필요성

1) 교육적 측면에서

▷대한민국, 서울의 교육 생태계는 건강한가?

– 청소년들은 무한 입시경쟁으로 과다한 학습 노동에 삶을 저당 잡히고 있다.

아침도 먹는 둥 마는 둥 새벽 같이 집을 나선 청소년들은 생태계로 볼 때 사막이나 다름없는 학교 교실에서 하루 6~7교시, 오전 8시부터 오후 4시까지 수업을 받고 있는데 이는 사는 게 사는 게 아니라 매일 매일이 전쟁이나 다름없다. 그런데 학습 노동은 여기서 그치지 않는다. 학교 식당에서 저녁을 먹고 방과 후 수업을 듣거나 보통 10시경까지 야간 자율학습을 한다. 대부분의 학생들은 학교에서 야간 자율학습보다 입시학원으로 가거나 과외를 받고 있다.

폭넓은 독서와 체험으로 자신의 인생과 사회와 세계에 대한 자신만의 가치관을 만들어 나가야 할 시기에 우리 청소년들은 입시 전쟁의 포로가 되어 무표정한 군중으로 흘러가고 있다.

오늘 '어른' 세대가 '우리 세대는 안 그랬다.'면서 젊은 세대에게 '자기 밖에 모른다.'거나 '사회에 대한 책임감이 없다.'고 한탄하는 것은, 우리 아이들이 어떤 생태계 속에서 살고 있는지 모른 체 하는 얘기고, 오히려 '어른' 세대들이 사회적, 도덕적 책임감을 더 느껴야 마땅하다고 생각한다.

– 자연과 노동을 모른다.

서울의 청소년들은 자연을 모른다. 동물과 식물, 산과 강, 바다와 들, 해와 달과 별이 없는 도시 속에서 성장하는 청소년들이다. 모처럼 학교를 벗어나 해방감을 느낄 수 있는 수학여행이지만 학생들은 별다른 감응이 없다. 바닷가에 데려다 놓아도, 강가에 데려다 놓아도 '여기 왜 왔어요?'라는 반응이다. 자연의 일부인 강과 바다, 논과 밭에서 땀 흘려 노동함으로써 우리 생명에 필요한 식량과 야채, 해산물이 얻어진다는 걸 알지 못한다. 자연과 인간, 인간과 인간이 관계망 속에서 존재한다는 것을 가르치는 것은 교육의 출발점이라고 볼 수 있으나 우리의 학교 교육은 체험 속에서 배우게 하는 학습 환경이 미흡하다.

– 청소년들은 몰개성적인 소비 군중으로 호명되어 일찌감치 '무엇을 소비하느냐?'에 과다하게 집착하는 물질 만능주의에 빠지고 만다. 너도 나도 따라 입다 보니 대한민국 교복이 되어 버린, 'North Face' 상표의 점퍼를 보면서 학생들을 이해해 보려고 애를 써 본다. 서로들 무슨 옷을 입고, 무슨 신을 신고 있는가만 눈여겨볼 뿐, 어떤 인간적 매력이 있는지, 어떤 인간적 향기가 느껴지는지에는 별 관심이 없는 것은 아닌지, 왜 남들이 다 입으니 나는 일

부러 안 입는다는 생각을 하는 학생들이 적은지 생각이 꼬리를 문다. 학생들은 입고 싶은 옷, 스마트폰을 사기 위하여 아르바이트를 하는 세대다.

— IT 강국, 대한민국을 위해 한 세대가 정말로 위험한 실험 상황에 처해 있다.

컴퓨터 게임, PC 방, 스마트폰 중독···. 모든 부모들이 '게임만 하고 공부와는 도통 담쌓은' 자녀들과 전쟁을 치르는 중이다. 그러나 '게임 중독'은 '공부 안 하는' 문제 이상으로 훨씬 심각한 문제이다. 오늘날 점점 더 심각해지고 있는 청소년 흡연 문제보다 10배, 100배 더 폐해가 크고, 청소년들의 '뇌'를 비인격화, 탈인격화시키고 있는 게임 중독 문제는 우리 사회의 미래가 걸려 있는 문제가 아닐 수 없다. IT 강국을 만든다는 쏠림 속에서 청소년들을 IT 산업 자본가들의 소비자로 갖다 바쳐 온, 바치고 있는 이 위험한 상황이 개선될 가망성이 있기나 한 것인가?

— 불안한 미래, 생존의 본능이 청소년들을 원자화, 파편화시키고 있다. 공동체의 이상은 그만두고 공공의식마저도 희박해지고 있다.

같이 미래를 꿈꾸고, 메아리를 만들고, 같이 걸어갈 수 있다는 믿음이 전혀 없는 곳에 남은 것은 어떡하든 살아남아야 한다는 생존의 본능뿐이다. 왜 사회적 약자를 돌보아야 하는지, FTA로 농민들은 어떻게 되는 것인지, 비정규직 노동 문제는 무엇인지 돌아볼 겨를이 없다. 오직 능력과 안 되면 요령, 요행, 편법을 동원해서라도 살아남아야 한다는 생각들뿐이다. 무한 입시경쟁 체제는 체제유지의 보수적 이념을 재생산하는 아주 튼튼한 의식화 기제가 되고 있다. 경쟁에서 살아남은 자에게는 '내가 고생한 만큼, 내 능력만큼 누릴 권리가 있다.'는 오만을 주고, 패배자에게는 좌절과 열패감의 늪에서 벗어나지 못하게 만드는 교육과[12] 고용의 이중주 속에 사회적 문제의식이나 해결 방안을 찾으려는 의지는 찾아볼 수가 없게 되어 버린다.

▷ 청소년들을 위한 건강한 교육 생태계의 마련이 절실하고도 시급하다.

– 경쟁시키고 선두만 인정하는 교육에서, 모든 청소년들에게 차별 없는 시선을 주는 '교육'으로, '인간을 돌보는' 교육으로 일대 전환해야 한다.

가두지 말고 열어야 하고, 경쟁시키고 배제하는 것이 아니라 꽃마다 다른 향기가 있음을 소중히 하는 교육으로 변화해야 한다. 딱딱하게 굳은 얼굴을 펴고, 있는 그대로 청소년들을 편하게 받아들이는, 배려와 돌봄의 교육이 되어야 한다.

– 청소년들에게 '어른'들이, 지금부터라도 숨 쉴 수 있는 공간들을 하나씩 열어 나가야 한다. 말 그대로 '서식지'를 만들어 가야 한다. 청소년을 위한 사회적 인프라의 구축에 그동안 너무 소홀했기 때문에 많은 예산이 소요되겠지만 시급한 일이다. 10대들의 거리같은, 청소년들이 가서 놀고 싶어 하는 공간, 청소년들이 소비자로만 호명되지 않고 주체가 되어 만들어가는 공간이 서울의 곳곳에 만들어져야 한다.

[12] 이 경우 학교와 교육은 오직 스펙 쌓기로만 의의를 갖는다.

– 놀 수 있는 공간이 절실하다.

축구나 야구를 할 수 있는 운동장, 공부하고 집에 가는 길에 들러 놀고 갈 수 있는 동네 탁구장, 배드민턴 칠 만한 공원이나 골목의 공터, 저렴하게 이용할 수 있는 수영장이나 헬스클럽, 수십 명에서 기백명이 모여 놀 수 있는 간단한 야외 공연장이나 연습장, 모여서 수다 떨고, 영화도 볼 수 있는 카페, 산책하고 자전거도 타고 달리기도 할 수 있는 시민공원 등 청소년들이 몸을 기르고, 마음을 기를 수 있는 놀이 공간, 놀이 시설이 획기적으로 늘어나야 한다.

– 문화적인 접근이 가장 효과적이고 교육적이다.

태백시 도계읍, 탄광 산업이 내리막길이 되면서 침체되어 버린 지방도시의 고등학교에 새로 부임한 교장 선생님이 '노는 아이들'을 불러 하고 싶은 동아리 활동이 있으면 적극 도와주겠다고 하셨단다. 그리하여 탄생한 '빤찌와 철조망'이라는 학생 동아리는 교육이 어떠해야 하는지를 잘 보여 주었다. 얼마 안 가서 아이들은 뮤지컬에 빠져서 거리 몰려다닐 틈도 없어지고, 그런 짓에 재미도 못 느끼게끔 완전히 다른 애들이 되었다고 한다. 베네수엘라에서는 교육은커녕 마약과 폭력밖에 없는 슬럼가의 청소년들을 불러들이기 위해 음악 교육을 수 십 만 명의 학생들을 대상으로 실시하여 큰 성과를 거두었다. '엘 시스테마'라는 프로젝트로서 우리나라에 기록 영화가 소개된 적이 있고, 세계적 명성을 얻게 된 청소년 오케스트라가 공연을 온 적도 있다.

청소년들에게 연극, 뮤지컬, 국악, 클래식 서양음악, 악기 연주 등을 가르치고 즐길 수 있게 만드는 문화 공간, 시설이 절실하다.

2) 복지의 관점에서

▷ 저소득 계층 청소년들에게 가장 부족한 문화 결핍을 해결해 주어
야 한다.
현재는 부분적으로 무슨 공연 프로그램 관람권인가가 쿠폰으로
지급되고 있는데 문화 결핍이나 문화 소외는 그런 정도로는 해결
이 될 수 없는 문제이다. 물고기가 물속에서 살듯이 문화의 세례
를 받도록 해 주는 게 이들에게 희망을 주고, 가난의 대물림에서
벗어나도록 하는 지렛대가 될 수 있다.

▷ 유아뿐만 아니라 청소년들도 돌봄이 필요하다.
부모가 모두 직장에 일찍 나가서 늦게 들어오는 경우 아이들을 돌
볼 수 없다. 돌보아 줄 곳이 마땅치 않아 학원을 보내는 부모들도
있다고 한다.

▷ 엄청난 사교육비 부담을 덜어 주어야 한다.
학원을 만들어 직접 학생들의 성적을 올려 주는 것은 아니지만 교
육 복지는 사실보다 넓은 범위가 서로 관련이 있고 영향을 준다.
독서 지도를 어릴 적부터 받는다면 자기 주도적 학습 능력이 향상
되어 사교육이 필요하지 않게 될 것이다.

▷ 외톨이 청소년들이나, 조손(祖孫) 가정의 청소년들의 보호 기능을
사회복지사들과 함께 담당해 나간다면 훨씬 효과적일 것이다.

3) 지역공동체의 형성이라는 측면에서

▷지역 시민단체들이 교육과 문화라는 측면에서 모이고 연결되어 네트워크를 형성해 간다면 그 파급력은 클 것이다.

서울의 지역사회는 익명성의 틀에서 조금도 벗어나지 못하고 있다. 그동안 축적된 시민 역량이 상당함에도 이를 네트워크화 할 수 있는 계기를 잡지 못해 왔다. 이래서는 민주주의의 생활화는 계속 숙제로 남을 수밖에 없다.

농촌 공동체와 달리 주거와 직장이 다른 서울의 특성상 교육과 문화 공동체는 가장 가능성이 있는 접근 방법이다.

▷청소년들이 교류하고 네트워크화되면 지역사회의 형성을 촉진할 것이다.

미래 세대인 청소년들이 지역사회에서 삶을 공유하고 지역의 주인으로 자리 잡아 간다면 지역공동체는 '도시 유목민'에서 벗어나 뿌리를 내린 시민들의 공동체를 기대할 수 있을 것이다.

2. 어떤 시설들이 필요한가?

▷청소년 상담센터(상담 및 치유를 위한 공간)

고민을 상담하고 치유 받을 수 있는 공간이 필요하다.

청소년 상담센터가 큰 역할을 하고 있지만 더 친근감 있고, 가까운 상담 공간이 많이 만들어져야 한다. 문화 공간에 놀러 갔다가 잠깐 들러서 상담, 이런 접근이 훨씬 효과가 클 것이다. 게임 중독이나 니코틴 중독을 벗어날 수 있도록 도와주고, 우울증이나 주의력결핍증을 치유 받을 수 있는 시설과 인력이 필요하다.

▷ 청소년 도서관

동네 도서관에서 자연스럽게 문화 소외를 해결하도록 만들어야 한다. 문화적 자원이 빈약한 계층의 청소년들이 각종 책이나 영상 자료 등을 언제든지 즐겁고 가깝게 이용할 수 있는 도서관 등 학습 공간이 필요하다.

집집마다 쌓여 있는 책들을 사회화하고 독서 도우미들이 책 읽고 토론하는 것을 도와준다면 우리의 교육 생태계는 훨씬 풍성해질 것이다. 동네 도서관에 친구들, 부모와 함께 가서 재미있게 책과 놀면서 마음을 키우고 꿈을 찾도록 만들어야 한다.

▷ 청소년 카페(청소년 만남의 광장)

청소년들이 카페를 자율적으로 운영하여 자기들만의 사랑방을 만든다면 문화센터로 향하는 발걸음을 훨씬 가볍게 만들 수 있을 것이다. 문화센터는 무엇보다도 오고 싶은 곳, 재미있는 곳, 자신들의 공간이 될 때 살아 숨 쉴 수 있을 것이다.

▷ 동아리 공간(방음 시설 갖춘 연습 공간도 포함)

시간제로 운영하는 소모임방이 몇 개라도 운영되면 동아리 활동에 도움이 될 것이다. 문제는 공간이 없다는 것이다. 음악 연습이 가능한 방음시설을 갖춘 소모임 공간도 필요하다.

▷ 소공연장(방음 시설 구비−공연관람 및 영상물 시청 공간)

영상물을 감상하고, 음악 공연을 할 수 있는 50석 내외 규모의 공간이 필요하다. 독서 토론회, 기획 프로그램의 진행에 필요하다.

▷ 강당(강연, 대회의실 용도)

한 층 전체를 강당으로 만들어 강연회, 전시회, 토론회, 대규모 회의 등이 가능한 공간을 두어야 한다. 가능하면 방음 시설이 갖추어져 좀 큰 규모의 공연도 가능하도록 되면 좋겠다.

3. 누가, 어떻게 운영할 것인가?

▷ 운영 주체

− 시설관리, 경비 등 실무는 구청이 맡도록 한다. 운영의 경직화를 막기 위하여 시민단체에 운영의 자율권을 주도록 한다.

− 문화센터의 운영은 지역 시민단체, 청소년 대표들, 구청의 관계 공무원으로 구성되는 운영위원회가 맡는다. 필요할 경우 법인을 만들어 운영의 주체가 될 수 있도록 하는 것도 고려해야 한다.

− 지역단체들은 운영 프로그램을 개발하고, 강사 풀을 확보하는 등 각 단체의 전문성을 최대한 발휘하여 센터를 활기 있게 운영하도록 한다.

▷ 운영 경비

− 전체 운영 경비, 각종 행사비와 프로그램 운영비, 시민단체에서 파견한 상근자의 활동비는 시, 구의 복지 예산으로 이루어지도록 한다.

− 센터를 중심으로 활동하는 동아리, 모임의 경비는 그 단체에서 마련한다.

▷ 자문위원회

‒ 운영의 활성화를 위해 문화, 학술, 상담, 청소년 등 관계 분야의
전문가들로 구성되는 자문위원회를 두도록 한다.

4. 기대되는 효과들

▷ 청소년 문화의 창출과 활성화
내년부터 주 5일제가 전면 실시되는데 막상 청소년들의 에너지를
받아안을 사회적 프로그램이나 시설은 너무도 미비한 상황이다.
소비하는 청소년이 아니라 창조하는 생기발랄한 청소년 문화를
창출할 수 있도록 돕는 역할을 맡아야 한다.

▷ 교육복지의 확대
돈이 없는 청소년 세대에게 의미 있는 문화, 복지 서비스를 제공
하여 학부모들의 부담을 덜어 줄 수 있다.

▷ 지역공동체의 형성에 기여
서울의 지역공동체는 형성되어 있지 않다. 풀뿌리 민주주의를 위
해서, 생활에서 민주주의를 학습하고 체화하도록 하기 위해서는
지역공동체의 형성이 절실하다. 청소년 문화센터의 운영 주체를
확립하는 과정 자체가 지역공동체의 형성을 촉진할 수 있다.

▷ 시민단체 활동의 강화
시민단체들과 지역주민간의 소통과 연결의 폭이 확대되면서 활동
역량과 활동의 내용을 한 단계 끌어올리는 기회가 될 수 있다.

▶ 1차 모임(12. 13)에서 나온 의견

– 서울시에서 건물만 제공하고 예산 지원을 안 해 주는 경우까지도 상정하고 사업을 추진해야 함.

– 취지, 목적에 동의하고 지역단체들이 운영능력이 있다고 판단하지만 예산 문제에 대한 대책이 있어야 함.

– 제안서를 제출하려면 예상되는 비용이 산출되어야 함.

– 공동 제안할 참여 단체의 범위를 어디까지로 할 것인가?

농어촌 폐교를 서울 학생들을 위한 자연 배움 학교로

서울의 교육 생태계는 월등한 장점들과 함께 뚜렷한 한계도 갖고 있다. 편리한 교통과 수많은 정치, 경제, 문화, 사회 시설이 밀집해 있으니 이보다 더 좋은 교육 여건을 갖고 있는 곳을 찾기는 어려울 것이다. 그러나 이러한 장점에도 불구하고 딱 하나 결핍된 것이 있으니 바로, 자연이다.

서울의 학생들은 자연 속에서 생활해 보지 못하고 매일 먹는 식품이 어떻게 생산되는지를 체험할 기회를 갖지 못한다. 인간은 대자연의 일부로서 자연 환경 속에서 살아가고 자연으로부터 삶에 필요한 식품과 물자를 제공받아 생활을 영위한다. 자연 속에서 영원한 시간과 무한한 우주에 대해 사색하고 영감을 얻는다. 땀 흘려 농작물을 재배하면서 노동의 의미를 알게 된다. 자연과 노동을 통하여 세계관이 형성되고 철학과 예술의 원천이 마련된다.

어린 시절 서해 바다가 가까운 농촌 마을에서 자라면서 몸과 마음을 키웠다. 4km 정도 되는 초등학교 통학 길을 날마다 걸으면서 자연의 일부가 되어 살았다. 봄이 되면 진달래가 온산을 꽃 분홍으로 환하게 물들였고 노란 유채꽃과 바람에 머리를 빗는 보리밭, 시원하게 소나기가 지나간 자리에 걸린 무지개, 황금빛 가을 들녘, 겨울 방학 어느 날 아침 온 천지가 은색으로 빛나 눈을 뜨기가 어렵게 빛나던 눈 덮인 산하, 이 모든 것들이 나를 키웠다. 어느 해 5월, 마을 뒷산에서 바라본 해넘이를 지금도 생생하게 기억한다. 구름 한 점 없이 깨끗한 수평선으로 서서히 지던 붉은 해와 온 천지를 벌겋게 물들인 노을을 그 마지막 여운까지 홀린 듯 바라보던 열서너 살 소년 시절, 불교의 환희가, 열락이 그 해넘이와 닮은꼴은 아닐지….

집안이 어려워 이웃 면에 있는 상업고등학교로 겨우 진학을 하여 나는 고등학교 2학년 때까지 고향에서 살았다. 자전거로 8km를 통학하였다.[13]

친구들이 광주로 유학을 떠나버린 길을 나는 여전히 다녔다. 일요일이면 논밭에 나가 아버지와 같이 김을 매고 분무기를 매고 농약을 살포했다. 초등학교 5학년 때 처음 시작한 지게질은 얼마나 힘이 드는지…. 지금도 돌아가신 아버지를 생각하면 지게질이 생각난다. 여섯이나 되는 자식들을 먹여 살리기 위해 힘든 노동을 평생 견뎌 내셨던 아버지. 자연은 나에게 고독과 사색과 영감을 주었고 노동은 나에게 삶의 진실을 가르쳤다.

아들이 중학교 2학년이었을 때 고향에 있는 후배의 파프리카 농장에 1주일 간 보냈다. 하루 만에 힘들다, 돌아가고 싶다고 하는 전화 속의 아들의 목소리가 애절했다.

"아들아, 힘들면 그냥 쉬어. 너는 돈 벌러 간 게 아니잖아. 그리고 네 아버지와 할아버지가 힘들게 일하면서 살았던 것을 네가 한번 체험해 본다고 생각하면 어떻겠니."

아들은 다행히 1주일을 잘 견디고 돌아왔다. 지금 청년이 된 아들은 당시의 기억을 웃으면서 이야기한다. 힘들었지만 좋은 경험이었다고.

지금 농촌에는 학생들이 줄어들어 폐교되었거나 폐교될 학교들이 엄청나게 늘어나고 있다. 2015년 12월에 교육부가 발표한 권고 기준에 따르면 면 지역의 경우 학생 수 60명 이하 학교, 읍 지역은 120명 이하 초등학교와 180명 이하 중고등학교, 도시는 초등학교 240명 이하와 중고등학교 300명 이하의 학교를 통폐합 대상으로 하고 있는데 전국에 60명 이하 학교만 해도 2016년 4월 1일 기준

───

13) 당시 3월의 이른 아침 등굣길은 손발이 시릴 만큼 추웠다. 생각나는 대로 쓴 시를 교실 뒤 게시판에 써서 붙여 놓았더니 3학년을 가르치던 국어 선생님께서 우리 반 교실에 왔다가 보니는 시를 꽤 좋은 게 있으면 가져와 보라고 하셨다. 광주에 있는 시인 친구에게 시를 배울 수 있도록 소개를 해 주겠다고 하셨다. 그 시를 다시 옮겨 본다.

등굣길
강서숲 따라 / 안개가 사유하게 깔린 아침 / 덮어붙은 대기 속을 / 혼자서 걸어간다. / 평생의 친구 적어도 / 다소곳이 수업을 받던 숙이도 / 떠나버린 길을 / 혼자서 걸어간다. / 어제 밤이어 / 별의 그리움처럼 / 서리 예화양게 대린 길을 / 혼자서 걸어간다.

으로 1,813개 교나 되는 것으로 나타났다.[14] 이 학교들을 자연 배움 학교로 활용하자는 생각이다. 초등학교 5~6학년에서 중학생들을 1년 혹은 2년 정도 자연 배움 학교에서 공부할 수 있도록 하자는 것이다.

자연 배움 학교는 현지 학생들과 같이 공부하는 학교도 가능할 것이다. 기숙사를 만들어 학부모들도 찾아와 같이 생활할 수 있도록 하면 좋을 것이다. 무엇보다도 학생들을 안전하게 보호하는 데에 만전을 기해야 할 것이다.

이 학교에서는 농작물이나 꽃 재배, 동물 기르기, 목공예, 산행하기, 자전거 타기, 놀이 등 다양한 노작 활동, 몸으로 하는 활동 중심으로 교육과정을 운영해야 할 것이다. 학생들은 이 과정을 통해 자연과 노동을 알고 평생지기 친구를 사귈 수 있게 될 것이다. 각박한 경쟁 교육과 답답한 교육 생태계 속에서 학교 폭력과 왕따와 같은 비인간적인 학교 문화가 발생하였는데 자연 배움 학교는 자연과 친구와 교감하는 감성을 기를 수 있게 할 것이다. 이러한 학교를 서울시교육청과 지방 교육청이 서로 협약을 맺어 우선 몇 군데 시작하여 희망하는 학생들을 모아서 실시해 보고 점차로 확대해 나가면 될 것이다.

이렇게 된다면 폐교되는 학교를 줄일 수도 있고, 이미 폐교된 학

---

14) 새로운 교육체제 수립을 위한 사회적 교육위원회의 원탁대토론회 자료집 21-22쪽. 2017.4.5

교도 다시 살려낼 수도 있을 것이다. 자연 배움 학교에서 공부한 학생들 가운데서 청년 귀농인이 나올 수도 있을 것이다. 많은 학생들이 도시의 감성만을 갖고 진로를 선택하고 있는데 훨씬 다양한 진로 선택이 가능해 질 수 있다.

박근혜 정부가 실시한 자유학기제[15]는 중·고등학교가 지나치게 대학 입시경쟁 중심으로 흐르는 것에 따른 부작용을 조금이나마 해결해 보자는 교육책으로 나온 것인데 미봉책에 불과한 정책이다. 제대로 개혁을 한다면 당연히 대학 입시경쟁 교육을 전면 개혁하여 수능시험 대신 내신 성적으로 선발하고, 대학교 통합 전형을 실시하여 중·고등학교 전 학년이 자유학기가 되도록 해야 할 것이다. 학교에서 더 이상 선택형 시험을 보지 않아야 할 것이다. 하지만 자유학기제의 발상은 소중한 것으로 이를 효과적으로 실행하는 방안으로 입시 경쟁교육 개혁과 자연 배움 학교의 도입을 제안한다.

---

15) 교육부는 2013년 4월 자유학기제를 도입 시행할 42개 연구학교를 발표, 9월부터 시범시행에 이어 2011~2015년 말까지는 희망학교의 신청을 받고 2016년에는 중학교 전체에 걸쳐 도입한다는 내용의 『자유학기제 시범운영계획』을 발표했다. 이에 따라 자유학기제는 2011년 시범운영을 거쳐 2016년부터 전국 3210개 모든 중학교에서 중1 또는 중2를 대상으로 실시되고 있다. 자유학기제는 학교별로 중학교 1학년 1·2학기, 2학년 1학기 등 3개 학기 중 한 학기를 골라 시행하는데, 약 80%가 1학년 2학기에 시행하고 있다. 자유학기제는 중간고사와 기말고사 등 지필시험을 치르지 않고, 고교입시에도 자유학기의 성적은 반영되지 않는다. 자율과정은 진로탐색 활동, 동아리 활동, 예술·체육 활동, 선택 프로그램 활동 등으로 채워진다. 또한 한 학기에 두 차례 이상 종일제형 활동을 실시하고 학생이 스스로 진로체험 계획을 세우면 학교가 출석으로 인정하는 자기주도 진로체험도 시행된다. 이곳은 학생들의 진로탐색 활동 내용을 학교생활기록부에 점수 대신 서술형으로 기재된다.(네이버 지식백과(시사상식사전, 박문각)

전교조를 만들던 날들

현상을 넘어 본질을 파고드는 기사를 보고 싶다
– 박선규 기자님의 '교사들에게 보내는 쓴 소리'를 읽고

전교조가 그렇게 싫은가?

전교조와 함께 교육혁명의 춤을!
– 9명 해직교사의 한 사람이 국민께 올리는 상소문

3부
참교육의 깃발,
전국교직원노동조합!

전교조를 만들던 날들

1989년 5월 28일 전교조가 결성되기까지 교사들의 교육 민주화를 향한 열정은 실로 뜨거웠다. 살아가면서 뒤돌아보면 어느 순간이 선명하게 떠오르는데 나의 삶에서 전교조를 만들어 가던 날들이 바로 그러한 순간이다.

1987년 6월 항쟁 이후 노태우가 대통령에 당선되어 군사 독재가 이어지고 있었으나 민주화의 열기는 계속 꿈틀대고 있었다. 1988년 총선에서는 민정당이 과반의석 달성에 실패하여 여소야대 국회가 만들어졌고, 무엇보다도 민주 노조를 건설하려는 노동자들의 투쟁이 계속되고 있었다. 그러한 흐름 속에서 교사들은 1988년 전국적인 교사단체로 전국교사협의회를 만들어 노동조합 결성을 위한 조직적인 기반을 마련하였다.

1989년 3년차의 병아리 교사였던 나는 수많은 동지들과 함께 평생을 함께 할 '반려자', 전국교직원노동조합을 만들어 나가는 항로에 몸을 던지고 있었다.

1988년 가을 관악·동작지역 교사협의회를 결성할 때 교육연구부장을 맡아 발기 선언문을 쓰는 등 크고 작은 일들을 같이하면서 나는 전교조의 활동가가 되었다. 당시 관악동작지역에서는 김남선 선생님이 회장, 김석근 선배가 사무국장을 맡았고, 이봉호 총무국장, 이병준, 이인호, 초등의 노세영, 사립의 강덕화 등이 일을 나누어 맡아 활동하였다.

점점 노조 결성이 구체화되던 어느 날, 사무실 창밖 남부순환도로를 바라보며 이병준과 나누었던 대화가 기억난다.

"관악·동작에서 몇 명이나 끝까지 탈퇴하지 않고 버텨 낼까?"

"한 15명 정도 아닐까?"

그러나 우리 둘의 예측은 전혀 맞지가 않았다. 1989년 8월을 지나면서 헤아려 보니 자그마치 55명이 넘는 교사들이 기꺼이 파면, 해임의 칼날을 피하지 않고 받았으니 그 열기는 한가운데 있었던 주체들 스스로도 제대로 느끼지 못할 만큼 뜨거웠던 것이다. 해직되었던 교사들 대부분이 공립 중등교사들이었는데 지역의 학교가 30여 개 정도였으니 거의 모든 학교에서 많으면 4~5명까지 해직자가 나온 셈이었다.

1989년 5월 28일 드디어 전교조가 결성되었다. 경찰의 삼엄한 경계망을 뚫고 연대에서 200여 명의 교사들이 노조 결성대회를 치렀고, 건대 2,000여 명, 한양대 200여 명이 노조결성 보고대회를 진행한 것이다. 본부의 정책기획국에서 활동하고 있었던 나는 이날 연세대의 100주년 기념관 근처에서 치러진 결성대회 현장에 있었다. 윤영규 위원장이 메가폰으로 전교조 결성 선언문을 낭독하고 "민족 민주 인간화 교육 만세! 전국교직원노동조합 만세!"를 목청껏 외쳤다. 우리는 노조 결성의 감격 속에 결성을 알리는 현수막을 들고 정문까지 당당하게 행진하였다.

6월 15일에는 서울대학교에서 대학생들의 호위 속에 1,500여 명의 교사들이 참석한 가운데 서울지부가 결성대회를 가졌다. 이렇게 본부, 지부, 지회가 속속 결성되면서 전교조는 확실하게 그 존재를 드러내게 되었으나, 사실 활동가들에게 가장 부담이 되는 과제는 다름 아닌 분회의 결성이었다. 자신이 몸담고 있는 학교에서 어떻게 하면 한 사람이라도 더 조합원으로 함께 하도록 만들 것인가, 분회 결성 선언문 작성을 비롯한 결성식 준비는 어떻게 하고 결성식을 언제 어떻게 할 것인가? 이 모든 것을 고만고만한 젊은 교사들이 교육청과 교장의 감시와 방해를 뚫고 해내야 했다.

서울에서는 지부 결성 전날까지 반드시 분회를 결성하기로 결의되었던 터라 재직하고 있던 봉천중(현 인헌중)에서는 바로 하루 전인 6월 14일을 D-day로 잡았다. 주변에 있는 학교들에서 날마다 분회 결성 소식이 들려와 교장, 교감은 그야말로 신경이 곤두서 있었다. 학교에는 먼저 부임하여 재직하고 있던 동료들이 있어 서로 의지가 되었다. 대학교 동기이자 기숙사 룸메이트였던 안재민, 대학교는 1년 후배이나 활동가로 맹활약을 하고 있던 김범묵이 그들이었고, 고윤미, 김소현 선생님도 있었다. 1989년에는 박은심, 안혜순 선생님께서 새로 오셨는데, 이 두 분은 끝까지 전교조를 탈퇴하지 않아 나와 같이 해직되셨다.

나는 선생님들에게 당시 전개되고 있었던 버마 민중항쟁의 참사를 이야기하면서 전교조에 함께 참여하자고 설득하였다. "지금 버마의 참상을 보고 계시지 않느냐? 1980년 광주를 겪은 우리는 다행히도 6월 항쟁으로 군부 독재를 굴복시키고 민주화를 이루었으나 버마는 5천 명이 넘는 대학생 등 청년들이 희생당하고도 민주화는 좌절되고 있다. 우리가 학교 다닐 때 독재 정권이 무서워 침묵하는 기성세대들을 얼마나 원망하였는가? 우리들이 교원노조를 만들어 교육 민주화를 추진해 나가는 것처럼 조금씩만 더 사회 참여를 한다면 광주 항쟁 같은 그런 참상은 다시 일어나지 않을 것 아닌가?"

수업을 마치고, 종례도 마칠 즈음 우리는 거사를 단행하였다. 함께 하기로 한 선생님들은 창립식을 갖기로 한 별관 1층 과학실에 모여 있었다. 나와 안재민은 맨 나중에 식장에 들어가기로 하고 교무실의 앞뒷문에서 큰 목소리로 "선생님들, 지금 역사적인 전교조 봉천중학교 분회 창립식이 과학실에서 진행됩니다. 모두 오셔서 함께 축하해 주십시오!" 공지를 하고는 뛰어 갔다. 역사적인 '전교조 봉천중학교 분회 창립식'을 비공개로 할 수는 없었다. 순간, 교무실은 난리가 났다. "뭐라고!" 교장, 교감, 주임교사들이 우리 뒤를 따라 달려왔다. 우리는 과학실로 뛰어들어 문을 걸어 잠그고 결성식을 진행하였다. 문을 밀치고 들어오려는 학교측 사람들을 필사적으로 막아섰지만 결국에는 문이 열려 곳곳에서 몸싸움이 벌어졌다. 어떻게든 분회 결성을 막으라는 교육부, 교육청의 지시를 지키기 위해 혈안이 되어 있었다. 분회 결성 선언문을 낭독하지 못하게 선언문을 낚아채고 손으로 입을 막았다. 우리는 기필코 분회를 결성하고야 말겠다는 일념으로 한 사람이 막히면 다음 사람이 이어 가면서 선언문을 낭독하고 기어이 "민족, 민주, 인간화 교육 만세! 전국교직원노동조합 만세! 봉천중학교 분회 만세!"를 외쳤다. 엄청난 흥분 속에 나도 모르게 선생님들을 안심시켜야 한다는 마음으로 "선생님들, 걱정하지 마십시오! 오늘 모든 책임은 분회장인 제게 있습니다!"하고 외쳤다. 돌아보면 참으로 쑥스러운 말이었지만…. 그리고 나중에 들은 이야기, 그 과학실의 소동을 지켜보던 학생들이 있었단다! 아마 교실 청소를 마치고 좀 늦게 하교하던 학생들이었으리라.

"야! 지금 선생님들 뭐하시냐?"

"응. 선생님들이 연극 연습하시나봐!"

학생들에게는 이 상황, 점잖은 교장, 교감, 주임 선생님과 젊은 교사들 사이에서 벌어지고 있는 몸싸움과 선언문 낭독, 만세 삼창이 도저히 이해가 안 갔을 것이다!

이런 소동을 마치고 학교에서 좀 떨어진 뒤풀이 장소로 예약해 둔 식당으로 갔다. 혹시나 학교측에서 따라올까 살피면서 도착한 그곳에 스물다섯 분의 선생님들이 한 분도 빠짐없이 다 모여 있었다! 식당에 들어서는 나를 일제히 바라보시던 선생님들의 그 한마음으로 결의된 눈빛! 나는 그 순간, 그 눈빛, 그 분위기를 평생 잊지 못한다. 많은 선생님들이 법으로 금지하고 있는 불법 노조를 이렇게 가입하시다니, 교장의 명을 어겼다는 이유만으로 징계를 당할 수밖에 없는 상황에서 만류하는 노조 결성 소동을 벌이고 이렇게 소신껏, 당당하게 이 자리에 함께 해 주시다니! 나는 힘들 때마다 그 자리에서 보았던 동료 교사들의 뜨거운 마음들을 꺼내어 보곤하였다.

현상을 넘어 본질을 파고드는 기사를 보고 싶다

박선규 기자님의 '교사들에게 보내는 쓴소리'를 읽고[16]

교사 대중지를 통하여 교사들에게 공개적으로 대화를 걸어오신데 대하여 반가움과 고마움을 표하고 싶다. 사실 '쓴소리'를 한다는 것이 쉽지는 않은 일 아닌가? 우리 교사들도 '기자들에게 보내는 쓴소리'를 신문이나 월간지, 방송에 보내고, 보낸 글이 보도될 수 있었으면 한다.

'쓴소리'를 읽으면서 필자의 우리 교육에 대한 염려의 마음을 잘 느낄 수 있었다. '양약은 입에 쓰나 병에 좋다'는 말이 있듯이 많은 부분 교사들에게 아픈 충고가 될 수 있다고 생각한다.

내가 글을 읽고 답변서를 꼭 써야겠다고 결심한 이유는 반박을 하거나 변명을 하려는 의도에서가 아니라 전문적으로 교육 부문을 취재하고 〈한국교육연구소〉가 발행하는 소식지에 글을 쓸 정도의 위치에 있는 언론인에게 현재의 교육계의 문제점에 대한 보다 깊은 이해를 당부 드리려는 데에 있다. 필자는 어쩌면 교사들보다 더 한국 교육에 큰 영향력을 미칠 수 있는 위치에 있는 분이기 때문이다. 그런 의미에서 구구절절이 문맥을 따지기보다는 교육 동지적인 입장에서 기본적인 시각을 몇 가지 제시하려는 것이다.

우선 안타깝게 생각되는 것은 필자의 글이 의도야 어떻든 간에 그간 우리 언론이 보여 온 '집단 보자기 씌우기'라고나 할까, 하여

16) 이 글은 《우리교육》 1909년 9월호에 실린 글이다. 8월호에 실린 KBS 박선규 기자의 '교사들에게 보내는 쓴 소리'를 읽고 밤을 새워 쓴 글이다. 다시 찾아서 읽어 본 박 기자의 글은 말 그대로 '쓴 소리'였다. 당시 정부는 교사들의 정년을 단축하고, 연금을 줄이고, 교원 평가를 실시하고, 촌지 금지 명령을 내리는 등 과감한 '개혁'을 실시하였다. 교육부는 교사들의 반발을 누르려는 것처럼 강력히 전면에 나서서 교사 집단의 문제점을 공격하였다. 교사 집단에 대한 초유의 공격에 대한 반발이 거셌다. 정년 단축에 반대하는 대규모 교사 집회가 열리고 교육부 장관 퇴진을 촉구하는 서명운동이 진행되었다. 전교조는 정년 단축에 반대한다는 입장을 내놓기는 하였으나 적극 나서지는 않는 상황이었다. 1만여 명의 교사들이 명예퇴직을 신청하여 교사 충원을 위해 임용고사를 2회 실시하기도 하였다. 전교조는 학교 내에서 벌어지는 일상의 비민주성에 맞서 줄기차게 투쟁하는 한편(학교민주화투쟁), 교장 선출보직제, 교무회의 의결기구화, 사립학교 민주화 등 교육민주화를 위한 제도 개혁 투쟁을 전개하였으나 정부는 전교조를 합법화하는 후 조치를 단행해 놓고도 단체교섭에 진지하게 응하지도 않았고 '교육개혁'의 청사진을 같이 논의하려고도 하지 않았다. 정부의 '교육개혁' 방향은 신자유주의 정책이었고 애써 전교조의 교육개혁을 향한 에너지를 외면하였다. 최후으로 마주하는 교원노조가 버거웠을까?

이러한 상황에서 올라온 한 기자의 글은 '대충대충 심판보기'가 아닐 수 없었다. 거기에 답하는 글을 쓰면서 정작 하고 싶었던 말은 오랫동안 지속된 독재 정권의 학교에 대한 관 보주의 통제로 민주주의가 말살되어 있는 것이 문제의 본질인데 책을 잘못 짚고 있다는 것, 학교에서 나타나는 온갖 무사안일과 구태에 대한 처방은 '교육의 민주화'라는 것, 교육을 살리기 위해 투쟁하고 있는 교사들의 생기발랄한 모습에 주목해 달라는 것이었다. 전교조 교사들의 절절한 투쟁을 마치 없는 듯이, 투명인간 대하듯이 글을 쓴 것은 도무지 이해가 안 간다. 그렇다고 '전교조 선생들은 다르다.'라고 쓸 수는 없었다.

오랜 세월 교사들은 권력의 발단 하수인에 불과하였고 학교는 죽어 있었다. '악화가 양화를 구축'해온 학교에 대해서 한다는 비관어 교사 집단 전체에 대한 '현상 격려하기'였으니 참 답답한 노릇이었다.

튼 싸잡아서, 도매금으로 어떤 색으로 덧칠하는 식의 보도 태도를 또 다시 보여 주는 점이다. 필자는 어떻게 그렇게 열심히 취재하면서 하필이면 항상 제 생각만 하는, 세상 보는 눈이 좁은 교사들만 만났을까? 필자 같은 언론인과 만나서 선후를 따져서 진심으로 교육 현실을 걱정하면서 토론하는 교사들이 그렇게 없었을까? 교사들은 모두가 다 자기 할 일은 하려고 하지 않으면서 월급 올려 달라, 신문에는 교사들 체면 깎는 기사 쓰지 말아 달라 하는 사람들일까? 좀 더 '쓴 소리'답게 쓰느라고 썼기 때문일지는 모르나 언론인의 글로서는 균형감각을 잃은 것이라고 볼 수밖에 없다.

사실 필자가 의도하지 않은 '집단 보자기 씌우기'가 되어 버린 데에는 몇 가지 이유가 있다고 생각된다. 교사 집단을 막연한 전체로 묶어서 어떤 색을 칠할까 생각하기보다, 적어도 1987년부터 교육 부문을 취재해 온 기자라면, 그 내부를 잘 살펴서 글을 쓸 수도 있었을 것 같다. '1987'년이 내 눈에 띈 것은 1989년에 있었던 전교조 파동을 충분히 파악하고 있을 것이라는 생각이 들어서이다. 그렇다면 학교 내의 비민주성이 지금까지 남아 있는 것이 교사들이 성의가 없어서, 교사들이 못나서가 아니라, 그것의 척결을 위해서 교사들이 교직을 걸면서까지 싸웠으며 지금도 노력하고 있는 교육 문제의 몸통이라는 사실을 왜 모르는 척하는가? 구구하게 전교조를 중심으로 대다수 교사들이 촌지 안 받기 운동을 계속해온 것을 이야기 해야만 하는가? 교육 담당 방송 기자에게.

다음으로 교육 개혁에 대한 기본적인 관점을 다시 논의해 보아야겠다. 필자는 마치 이해찬 전 장관이 추진한 교육 개혁이 국민적인 공감대를 얻은, 교사들도 수긍하는 정답인 것처럼 쓰고 있다. 그러나 사실은 어떤가? 왜 최근에 점잖은 대학 교수님들이 'BK21'에 대하여 그렇게 심하게 반대한다고 생각하는가?

한마디로 말하여 이해찬 전 장관이 추진한, 아니 국민의 정부가 추진하고 있는 교육 개혁은 신자유주의를 기본 바탕으로 하는 교육 개혁이기 때문에 기본 방향을 다시 설정해야 한다는 점이다. 정부가 추진하고 있는 교육 개혁은 다품종 소량 생산시대, 노동 시장의 유연화가 요구되는 시대에 적응할 수 있는, 경쟁력 있는 산업 인력의 양성에 초점이 두어지고 있다. 교육을 걱정하는 교사들은 경쟁력 있는 유능한 인재를 기르는 것에만 머무를 수 없다. 교사들은 민주주의적 소양을 갖춘, 공동선을 추구할 수 있는 인재를 기르는 데서 진정으로 교육자의 보람을 느끼고 싶어 한다.

대학에서는 실용적인 학과 이외의 인문 사회과학이나 기초적인 자연과학 분야는 설 자리가 없게 되고 있다. 중·고등학교에서도 국사 과목이 사회과로 통폐합되어 그 비중이 대폭 축소되었다. 음악, 미술 등 정서 교육에 빠질 수 없는 과목들이 1/2 수준으로 단위가 줄고 있다.

또, 신자유주의 교육 개혁은 교육에 있어서도 최소의 투자로 최대의 성과를 거두려고 하는 것처럼 보인다. 학교 운영비가 절반 수준으로 줄었다. 내가 재직하고 있는 학교는 32학급이나 되는 비교적 큰 학교인데 1년 운영비가 1억 3천만 원 정도이다. 인건비 등

6~70여%에 이르는 경상비를 제하고 나면 사실상 웬만한 가정의 1년 생활비 정도의 액수가 가용할 수 있는 예산이 되는 셈이다.

분명히 말하지만 교사들이 현정부의 교육 개혁 정책의 정당성에는 이의가 없으면서도 자신들의 이해관계 때문에 교육 개혁의 발목을 잡고 있는 것이 아니다. 교사들은 전인 교육을 내걸면서도 오히려 소수의 능력 있는 학생들만을 위주로 하는 수월성 중시의 교육 정책, 구호와 내실이 일치하지 못하는 교육 정책에 따를 수 없기 때문에 교육 당국에 불신을 표시하는 것이다.

학교 폭력, 집단 따돌림 등 한때 요란하게 언론 매체를 탔던 문제들은 여전히 풀릴 기미가 없는 교육의 현안이다. 이러한 현안들은 일석일조에 해결될 수 있는 문제들이 아니다. 이러한 현안의 해결을 위해 교육 당국이 무엇을 하였는가? 해마다 수많은 청소년들이 학교를 뛰쳐나오는 데도 대안 학교라든가, 청소년 약물 중독 치료 시설이라든가 하는 새로운 대책을 책임 있게 제시하는 모습은 전혀 보이지 않는다. 정신과 의사의 치료를 받아야만 할 학생들이 늘어만 가는 데도 일선 학교에는 일상적인 상담을 담당할 수 있는 상담 교사들만이 있을 뿐이다. 이러한 부적응 학생의 지도는 전적으로 현장 교사들의 사랑과 헌신에 맡겨지고 있을 뿐이다. 매번 바람직한 청소년 문화의 육성이 화두가 되고 있지만, 학교의 도서실은 장서가 너무 빈약할 뿐만 아니라 사서교사가 없다. 체육관이나 강당을 갖춘 학교는 거의 없다. 학생들의 다양한 동아리 활동에 필요한 공간은 사치에 가깝다. 학교 바깥을 나가도 학생들의 문화 공간은 없다. 시대가 빠르게 변화한다고 한다. 청소년들이 더 빠르게 변화하는 것은 너무도 당연하지 않은가? 그러함에도 대안 학교, 사서교사, 체육관과 강당, 동아리 활동을 위한 학생 회관은 여전히 예산 타령에 묻혀 있어야 하는가? 교육 당국의 투자 없는, 있는 시설과 인원의 범위 내에서 문제를 해결하도록 하라는 무대책은 어디까지 이어질 것인가? 단언하지만 우리 교육의 문제는 몇 사람의 획기적인 교육 개혁안이 없어서 해결되지 못하는 것이 아니다. 필요한 재원과 인력을 투여해서 표나지는 않지만 기초를 다지는 일들을 꾸준히 해나갈 때, 우리 교육은 한걸음씩 발전될 것이다. 교사들이 교육 여건만 탓한다고 말해서는 안 된다. 아무리 유능한 의사도 필요한 장비가 없다면 어떻게 환자를 치료할 수 있겠는가?

개혁의 방향도 문제지만 방법은 더 큰 문제가 아닐 수 없다. 지금까지 정권이 바뀔 때마다 교육이 개혁의 이름 아래 들썩거리지 않은 적이 없지만 그때마다 교사들의 의견이 반영된 적이 없다. 그 흔한 무슨 위원회의 위원으로 교사가 선임되어 본 적이 없다. 체벌 금지든 수행평가든 직접 학생들을 가르치는 교사들의 경험에 바탕을 두고 무슨 개혁안을 내든지 말든지 해야 하지 않는가?

필자도 지적하였듯이 교육은 사람의 일이다. 그렇다면 작은 곳 하나하나까지 고려하여 치밀하고 조심스럽게 추진해야 성과를 거둘 수 있는 것이 교육 개혁이고, 현장 교사들의 열성과 창의성을 충분히 이끌어 낼 수 있을 때 성과를 낼 수 있는 것이다. 교육은 교사들이 하는 것이다. 교육이 외국 이론을 배워 온 학자들의 실험장이 되어서는 곤란하다.

개혁의 방향과 방법 이야기를 했지만 이 전 장관이 교사들의 반발을 받았던 데에는 더 원초적인 정서가 깔려 있다. 촌지 문제를 접근할 때의 일이다. 교육부에서 촌지 반환 대장을 비치해서 인사에 반영하라는 안이 나왔었다. 어떻게 하라는 이야기인가? 인사 점수를 얻으려면 일단 받은 후에 대장에 기록하고 결재를 받으라는 이야기인가? 심지어 교문에 '우리 학교는 촌지를 받지 않습니다.' 라는 플래카드를 내걸라는 안도 거론되었다. 나는 그 이야기를 듣고, 검찰청, 경찰서, 세무서에 먼저 그런 플래카드를 내걸면 우리도 할 수 있다고 교장 선생님께 이야기한 적이 있다.

교사들에 대한 기본적인 신뢰가 없이는 교육은 성립할 수가 없다. 그리고 교직은 많은 돈을 버는 직업도, 높은 사회적 지위를 얻을 수 있는 직업도 아니다. 사람을 가르치는 일에 종사한다는 자부심만으로 사는 사람들이 교사들이다. 교육계의 비리를 척결하려면 강남지역 고액 과외 사건이 났을 때 관련자를 엄벌에 처하는 방법이 더 효과적이었을 것이다. 교사들이 이 전 장관에게 서운하게 생각하는 점은 대국민 언론 플레이를 해서 정치인으로서의 입지를 세우려고 하지 않았나 하는 점이다. 교육은, TV에 나와서, 신문으로 그렇게 포퓰리즘의 대상으로 삼기에는 적당하지 못하다. 정말이지 거북하고 불쾌했다. 아버지가 잘못한 점이 있다고 해도 그 아들이 면전에 있으면 쉽게 지적하지 못하는 것은 부모 자식 관계가 그만큼 어렵고 조심스러운 관계이기 때문이 아닐까? 속 좁은 이야기로만 들리는가? 이 전 장관의 접근 방법과 언론의 선정주의에 대하여 교사들이 촌지 받는 교사들을 두둔하고 싶어서 인민재판식으로 몰아 붙인다고 화를 냈겠는가? 필자는 자녀들이 학교에서 돌아와 교사를 평가할 때 뭐라고 이야기해 주는가? 교사들이 자기 보호 본능이 유달리 강해서 언론보도가 지나치다고 말하겠는가?

교사들의 경제적 처우 이야기가 나왔다. 필자의 말대로라면 다른 선진국에 비하여 우리나라 교사들이 월등한 처우를 받고 있다니 자부심이 생긴다. 그리고 중소기업체의 직원과 비교하지 않고 대기업 사원과 비교한다고 하면서 교사들이 물정을 모른다고 했는데 솔직히 심하다. 교사들 가운데 누가 언감생심 대기업 사원들과 같은 봉급을 달라고 했는가? 정부가 늘상 제시하는 이야기가 공기업체 수준 아닌가? 초임 연봉이 1천 8백만 원이라고 하나 세금, 보험료, 연금기여금 등을 공제하고 나면 실수령액은 1천 5백만 원 정도이고 한 달 평균 1백만 원 남짓이다. 그리고 호봉 차이가 별로 없어서 10년 근무한 교사가 연봉 총액 2천 2백만 원 정도이다. 맞벌이가 아닌 남교사의 경우, 기본적인 생활을 유지하기 어렵다. 중소기업 사원들도 그렇다면 당연히 그들의 봉급도 올려야 할 것이다. 교사나 중소기업 사원들이나 낮은 봉급으로 견디라는 법이 어디 있는가? 가뜩이나 외향적 기준으로 사람을 평가하는 세태 속에서, 교사들이 무능한 사람이라는 멸시를 받게 만드는 것도 바로 낮은 처우라고 생각한다. 교사가 매력 있는 직종이 된 것이 처우가 좋아서라고 정말 그렇게 필자는 생각하는가? 정말 그래서 수십 대

일의 경쟁을 감수하고 사대 졸업생들이 임용고사를 보고 있을까? 하긴 IMF 사태가 교사를 한때 인기 직종 1위까지 끌어올려 놓기는 했지만 실상과는 거리가 있다.

교사들이 정시에 퇴근하면서 웬 잡무 타령이냐고 하는 필자의 지적은 정말 문제가 많다. 회사원들은 근무시간을 초과해서 근무하면 150%의 초과 수당이 나온다. 그렇다면 교사들에게 무임금으로 1일 8시간을 초과하는 근무를 요구하는가? 그리고 필자가 제시하듯이 주당 수업시수가 적은 것이 아니다. 정확한 통계치를 갖고 있는 것은 아니지만 중학교의 경우 원로교사나 부장교사를 포함하여 교사들의 평균 주당 수업시수가 18시간이라는 이야기지 담임을 맡는 평교사들의 경우 20~22시간을 맡고 거기에 HR, CA 시간까지 합하면 더 늘어난다. 20시간인 경우 토요일에 2시간을 하면 나머지 5일간 18시간을 하게 되는데 2일을 빼고는(그런 날은 HR이나 CA가 있다.) 하루 4시간씩 수업을 하게 된다. 연속해서 2시간을 강의하고 나면 1시간을 쉬어도 회복이 채 안 된다. 강의하는 것과 책상에 앉아 업무 처리하는 것은 노동 강도가 비교가 되지 않는다. 그리고 학교 일의 대부분은 학생과 관련되기 때문에 퇴근 시간 이후로 나누어서 할 수 있는 것이 아니다.

지금도 학교에서 폐휴지를 모으느라 며칠씩 아침, 저녁으로 전달하고 통계표를 적어 내고, 학생 저축 통계를 월별로 작성해 내야 하는 것이 학교 현실이다. 교사들이 편하자고 잡무를 경감해 달라는 것도 있겠으나 학생들과 상담할 시간도 제대로 갖기 힘든 현실을 개선해 달라는 것이다.

수행평가의 취지에는 교사들도 공감하고 있다. 그리고 실제로 실행하려고 애쓴다. 다수 교사들이 일부러 사보타주하는 것처럼 단정하는 것은 필자가 교사들에게 일정한 선입견을 갖고 있는 것이 아닌가 하는 생각마저 들게 한다. 그러나 교사들이 지적하는 것은 현실적으로 불가능한 요구를 하지 말아달라는 것이다. 국사를 맡고 있는 나의 경우 10개 반 370여 명 학생의 이름을 모두 기억하는 것조차도 힘이 든다. 수업 끝나고 나와서 발표한 학생, 태도가 안 좋은 학생을 기록하며, 리포트를 제출하도록 하는 경우 어느 겨를에 일일이 읽고 평가를 하며 개별 지도를 하겠는가?

교사들이 신자유주의의 '최소의 투자로 최고의 성과를 거두겠다.'는 방식의 교육 개혁을 문제 삼는 것은 IMF 체제라는 현실을 몰라서가 아니다. 정부의 중장기 계획에 과밀학급, 거대학교 해소 대책이 아예 없다는 점을 문제 삼는 것이다. 학생 가르치는 일에 어떻게 투자 없이 성과가 나오겠는가? 그러면서 부족한 여건을 무조건 교사들의 열성과 희생으로 메워 나가라고 다그치면 되겠는가?

교사들이 무더기로 명퇴 신청을 내는 것을 필자는 크게 질책하였다. 교사들은 저축을 많이 할래야 할 수가 없다. 그런데 연금마저 흔들리니 얼마나 무서운 일이겠는가? 연금이 정말 어떻게 되면 그야말로 대책이 없는 것이다. 중학교의 경우 명퇴자가 그리 많지 않아서 교사 부족까지 예상된다는 초등학교의 사정을 잘 모르겠으나 그 중에는 급격히 변화하는 교육계의 흐름에 따라가는 데에 두려움을 느끼는 분들도 있을 것이다. 그러나 자본주의 사회 속에서 살아가는 사람들에게 자기희생을 감수하라고까지 요구할 수는 없을 것이다.

교사평가제를 예로 든 것은 아마 서울의 한가람고등학교를 두고 하는 말 같다. 내가 듣는 바로는 재단이 교사평가제를 자의적으로 운영하는 부작용도 있는 것 같다. 재단과 교장이 평가권을 갖고 있는 상황에서 평가제로 교사들을 정리해고 시킬 수 있어야만 정말로 부적격한 교사를 가려내고 퇴출시킬 수 있을까? 교사들의 처우가 낮고 신분이 불안해지면 누가 교직을 평생직장으로 택하겠는가? 오히려 교사의 질을 떨어뜨리는 부작용을 초래할 것이다.

지금 우리 교육계는 전교조의 합법화, 정부의 교육 개혁으로 변화의 소용돌이 속에 있다. 전교조는 이제 비판 세력의 역할을 넘어 합리적인 대안을 제시하는 교육의 주체 세력이 되려는 노력을 기울여야 한다. 그리고 교육 당국은 과거의 권위적이고 경직된 자세를 버리고 교사들의 에너지를 교육개혁의 밑거름으로 삼으려는 자세를 가져야 할 것이다. 이렇게 중요한 시기에 언론은 사태의 본질을 보다 심층적으로 파고들어 우리 교육이 올바른 방향으로 나갈 수 있도록 도와주어야 할 것이다. 현실적으로 우리 교육에 대한 대안을 제시할 수 있는 주체는 교육 당국과 전교조가 아닌가 한다. 이러한 현실 속에서 언론은 결코 국외자, 관찰자가 되어서는 안 된다. 교육 담당기자들은 당국과 교사들 사이에서 대로는 심판관으로, 때로는 대안을 함께 모색하는 동지로서 역할을 다해야 할 것이다.

언론이 떠맡고 있는 막중한 책무를 생각하면 현상에 대한 막연한 평론을 넘는 교육 부문의 보도가 절실해진다. 교사의 한 사람으로서, 전교조 조합원의 한 사람으로서 교육계의 내부 사정에 한 발짝 더 다가서서 돋보기를 들이대는 교육동지 언론인을 만나고 싶은 소망 간절하다.

전교조가 그러게 싫은가?[17]

필자는 전교조 해직교사의 한 사람이다. 눈물을 참으며 교단에서 쫓겨났을 때도 구구절절 억울함을 말하지 않았다. 그러나 이 정부의 무분별한 '전교조 법외노조 만들기'에 대해서 간절한 마음으로 호소하고 싶다. 정부가 해직자를 조합원으로 인정하고 있는 규약을 바꾸고, 해직자가 조합 활동을 하지 않고 있음을 입증하는 자료를 10월23일까지 제출하지 않으면 '노조가 아님을 통보할 수 있다'고 최후통첩을 해 왔다. 때를 맞추어 보수 언론은 '전교조야! 제발 법을 지켜라'고 장단을 맞추고 있다.

정말로 전교조가 법적인 지위를 박탈당할 만큼 법령을 어기고 있는가? '교원노조법'은 조합원이 될 수 있는 사람을 현직 교원으로 명시하고 있는데 전교조가 교원이 아닌 해직자를 조합원으로 인정하고 있으니 법령을 어기고 있다는 것이다. 먼저 말할 것은 현행법에 어긋난 점을 인정한다손 치더라도 노조 해산명령에 준하는 이번 조처는 지나치다는 점이다. 해직자를 조합원으로 인정하는 게 무슨 큰 공익을 해치는 일도 아니거니와 노조란 게 사회적 약자들이 스스로 단결하여 자신들의 권익을 지킬 수 있도록 헌법과 법률이 그 자주권을 보호하는 단체이므로 그 구성원을 스스로 결정하는 것이 마땅할 터이니 말이다. 더욱이 그 해직자들 전부가 사학 민주화 등 공교육 정상화를 위해 투쟁하다가 사용자인 정부에 의해 해직됐다면 그 해직자들을 내치라고 요구하는 것은 있을 수 없는 일이다. 이렇게 본다면 '노조가 아님을 통보할 수 있다'고 하는

17) 이 글은 박근혜 정권이 '노조가 아님을 통보'하는 노동부의 공문 한 장으로 전교조를 법외노조로 만들어 버린 직후인 2013년 10월 7일에 경향신문에 독자 투고한 것이다. 이후 2015년 5월 28일 헌법재판소가 '노조 아님 통보'를 정한 노동법 시행령이, '노조가 아님을 통보 받아도 단체교섭을 하거나 단체협약을 체결할 수 있어 헌법이 정한 노동기본권의 본질적인 내용을 침해하는 것은 아니므로', 위헌이 아니라고 판결을 함으로써 전교조 적어내기는 법치국가를 죽이기 위한 조치가 되었다. 헌법재판소는 그 황당한 노조법 시행령에 대해 흠처를 만들어 주면서도, 친절하게 '해직자가 조합원 자격을 유지하고 있다고 하더라도 그들이 조직의 의사 결정에 얼마만한 영향력을 행사하는지 등을 고려하여 노조 아님 통보가 정당한지를 판단할 수 있을 것'이라고 2심 재판부에 여지를 주었으나, 2심 재판부는 1심대로 '6만 명 가운데 9명의 해직교사를 조합원으로 인정한다.'는 이유로 전교조에 보낸 '노조 아님 통보'는 정당하다고 판결하였다. 2심이 내려지고 1년이 지난 오늘까지 대법원은 판결을 내리지 않고 있다. 그 사이 '긴 프로세스' 끝에 드디어 전교조를 법외노조로 만들었던 박근혜 정부는 촛불 시민혁명으로 막을 내렸다.

2012년 11월 20일에 대법원에서 각선제 교육감 선거에서 선거법을 위반하였다는 죄목으로 벌금 250만원 선고를 받고 직권면직 되어 해직되었던 필자는 이제 자격정지 5년이 끝나서 공무 담임권을 회복하였다. 그러나 촛불 시민혁명으로 탄생한 문재인 정부 하에서도 전교조는 여전히 법적 지위를 회복하지 못하고 있다. 9명 가운데 인천에서 학교 민주화를 위해 혁누다 해직되어 있던 박춘애 선생님이 학교로 복직이 되셨고, 활동이 공개되는 전교조 서울지부가 어떻게 불법 선거 운동을 할 수 있었느냐고 어물며 하면 6명 가운데 필자를 포함한 4명이 다시 권리가 회복 되었는데도 전교조의 봄소식은 아직 요원하기만 하다.

2012년 세 번째로 관악·동작지회장을 맡게 되었는데 지회 출범식에 백기완 선생님을 초청하여
강연을 들었다. 사진 왼쪽부터 조희주, 최홍이, 고인이 되신 최종기 선생님이고 가운데 백기완 선
생님이다. 백기완 선생님은 당시 보수 세력으로부터 집중적인 공격을 받고 있던 전교조 교사들에
게 호연지기를 갖고 인간해방을 위한 스승의 길을 씩씩하게 걸어가 달라고 말씀하셨다.

명령 조항은 마구 휘둘러도 되는 조항이기는커녕 폐기되어야 하는
구시대 유산이 아닐 수 없다. 국민의 헌법적 기본권 가운데 하나인
결사의 자유, 노동 3권을 법률도 아닌 명령으로 제한한다는 점에
서도, 노조 해산에 준하는 과한 처분을 해직자가 조합원으로 있다
는 점만으로 내린다는 것은 지나친 조처라 생각한다. 학교에서 교
내봉사에 처할 학생을 대뜸 퇴학 처분하는 꼴이라고밖에 할 수 없
다. 이러한 이유로 인권위나 국제노동기구도 이 조항의 폐지를 권
고해 왔고, 고용노동부 장관도 임명 동의 청문회에서 이 점에 대
하여 신중히 검토하겠다고 했던 것이다. 왜 정부는 무리하게 전교
조의 법외노조화에 나서고 있는가? 이 정권은 지금 친일과 독재를

미화하는 역사 교과서를 만들어 학교 교실에 디밀어 보려고 하는가 하면, 아예 그 원천이 되는 역사편찬위원회의 위원장으로 '식민지 근대화론'을 주장하는 학자를 임명하려 하고 있다. 미래세대를 자기들이 원하는 대로 친일과 독재를 미화하는 가치관으로 가르쳐 보겠다는 의도이다. 거기에 가장 큰 걸림돌이 전교조라고 보고 있는 거 같다. 돌이켜 보면 전교조는 어렵게 탄생하고 자리 잡았다. 1987년 민주화 투쟁 이후 정권의 하수인 노릇을 거부하고 교육을 교육답게 만들겠다는 일념으로 일어선 교사들이 노조를 만들고 100여 명이 넘게 감옥에 가고, 1500여 명이 해직이 되는 수난을 겪으면서 10년 만에 '법내 노조'가 될 수 있었다. 전교조는 엄청난 사회적 갈등을 기회비용으로 치르고 탄생한, 1987년 민주화 투쟁의 결실 가운데 하나였다. 그런데 지금 1980년 광주의, 1987년 6월 항쟁의 그 값비싼 희생과 아픔을 헛되이 만들려는 엄청난 반동이 몰아치고 있다. 1970~80년대 수많은 대학생, 노동자, 양심적 지식인들이 학교와 일터에서 쫓겨나고 감옥에 가고 고문을 받고 죽임을 당했다. 지금 우리는 기로에 서 있다. 다시 그 시절로 갈 것인가? 아니면 돌이키기 어렵게 되기 전에 반동에 맞설 것인가? 전교조는 지금 총투표를 진행하고 있다. 많은 시민단체들이 '민주주의 수호와 전교조 탄압저지 긴급 행동'이라는 연대체로 결속해 범국민적인 투쟁을 준비하고 있다. 전교조 탄압과 이 정권의 반동을 저지하기 위한 시민들의 용기 있는 저항이, 긴급 행동이 절실한 순간이다.

전교조와 함께
교육혁명의
춤을!
9명 해직교사의 한 사람이 국민께 올리는 상소문

'교사들의 노조할 권리 보장'과 촛불 정부의 교육개혁 성공을 위해 전교조의 법적 지위 회복이 시급하다. 2013년 10월, 박근혜 정부의 고용노동부가 전교조에 '노조로 보지 아니한다.'는 공문 한 장을 보낸 뒤 시작된 전교조에 대한 법적 지위 박탈, 정확히는 '전교조에 대한 법외노조화 탄압사태'가 해결되지 않은 채 4년을 넘어, 햇수로는 6년째에 접어들고 있고, 촛불 시민혁명으로 문재인 정부가 집권한 후 해를 넘기고 있다. 무언가 잘못되고 있는 것이 분명한 이 사태를 어떻게 바라볼 것인지 찬찬히 살펴보아야 한다.

큰 줄거리는 6만여 명의 교사들이 조합원으로 가입하여 매달 조합비를 내고, 조합원으로 활동을 하고 있는 교원노조가 '심각하게 법을 위반하여' 법적 지위를 박탈당한 채로 진행이 되고 있다는 것이다. 오늘도 수백만 명의 학생들 앞에서 사회의 규범을 가르치는 교사들이, 스스로는 가장 기본이 되는 규범인 '법'을 어기고 있는 상황이 장기화되고 있다! 이쯤 되면 '사회 규범을 꼭 지키라는 법은 없다!'가 새로운 상식이 되든지, '한국 교사들의 집단 지성이 바이러스에 감염되었다!'는 심각한 진단이 나오든지 해야 할듯하다.

학생들이 '선생님은 왜 법을 지키지 않으십니까?'고 질문을 한다면 대답은 둘 중 하나가 될 수밖에 없을 것 같다. '정의를 위해 악법을 따르지 않고 있다.'고 대답하고 박근혜 정부가 어떻게 정당하지 않게 법을 집행해 왔는지 설명을 해야 할 것이다. 이 경우 적폐를 청산하고 바로잡고 있는 문재인 정부는 이 문제를 왜 여태 해결하지 않고 있는지도 설명해야 한다. 다른 하나는 사회의 규범을 부정하는 것이다. 상상만으로도 참 난감한 일이다.

일이 이 지경에 이른 것은 박근혜 정권이 국정을 농단한 결과이다. 헌법으로 보장하고 있는 '노조 할 권리'를 멋대로 유린한 것이다. 교원노조법에 조합원은 '교사'로 되어 있는데 교사 아닌 자들을 조합원으로 인정하고 있는[18] 전교조는 법을 어기고 있다, 법을 어기고 있으니 노조로서 법적 지위를 박탈할 수 있다면서 법을 내세

[18] 만 명 가운데 9명의 해직 교사가 조합원 자격을 유지하고 있는 게 문제라고 한다. 이들 가운데 6명은 2008년 서울에서 처음 실시된 교육감 주민직선 선거 당시 전교조 서울지부 집행부를 맡았던 교사들로서, 방학 중 치러지는 선거에 꼭 투표를 하라고 문자를 보낸 것이 선거법 위반으로 판결을 받아 해직되었고, 2명은 사립학교민주화 투쟁, 1명은 통일 교육이 문제가 되어 해직이 되었다.

운 탄압을 자행한 거다. 거기에 노동부의 처분이 법적으로 문제가 있는지, 할 수 있는 법적 행위였는지 만을 '엄정하게' 판단해 낸 사법부가 한국 민주주의에 그야말로 한 방을 제대로 먹여 버렸다. 사실 노동부나 법원 말씀대로라면 교원노조는 존재할 수가 없다. 교원노조는 정부가 사용자여서 노사 간에 대립이 발생할 때 정부가 노조 위원장이나 간부들을 해고시키면 그만이다. 노조는 노동부나 법원이 시키는 대로라면 해고된 간부들을 곧바로 노조에서 추방해야 하는데 이건 불가능하다. 위원장이나 간부들은 개인적인 범법 행위의 책임을 진 것이 아니라 노조의 의결기구에서 결정된 대로 집행한 것에 대해 책임을 진 것뿐이기 때문이다. 전교조의 조합원이 개인적인 범법 행위로 교직에서 파면이나 해임된 경우에 조합원 자격을 상실하는 것은 말할 필요도 없다. 조합원 자격이 유지되는 것은 노조의 의결기구에서 결정된 사업을 하다가 해직된 경우뿐인데, 이걸 문제 삼으면 법을 지킬 방법이 아예 없는 것이다. 사립학교에서 재단의 회계부정이나 부당한 행정을 바로 잡으려다가 많은 교사들이 해직되었다. 박근혜 정권에 저항하다 많은 교사들이 해직되었다. 전교조에게 그들을 노조에서 추방하지 않는다고 최고의 제재를 가한 것은 비열한 탄압이 아닐 수 없다.

참 딱한 게 헌법재판소와 법원의 판결이다. 헌법재판소는 노조법 시행령 9조 2항, '노조가 아니라고 통보할 수 있다.'는 조항이 헌법에 보장되어 있는 노동기본권을 본질적으로 침해하지는 않는단다.

2016년 말 들어 박근혜 정권의 국정농단이 하나 둘 드러나면서 광화문 광장에는 촛불 시민들이 봇물처럼 쏟아져 나오고 있었다. 이 시기에 故김영한 전 민정수석의 비망록에서 청와대가 직접 전교조에 대한 탄압에 나섰다는 사실이 상세하게 드러났다.

헌법 재판소 판결문

"위와 같은 단결체의 지위를 '법외의 노동조합'으로 보는 한 그 단결체가 전혀 아무런 활동을 할 수 없는 것은 아니고 어느 정도의 단체교섭이나 협약체결 능력을 보유한다 할 것이므로…"

서울행정법원 판결문

"법외노조는 근로 3권의 주체가 될 수 있는 법적 지위를 가짐과 아울러, 노동조합법이 법내노조에 한하여 적용하도록 규정하고 있는 사항이 아니라면 노동조합의 설립·관리·해산

등에 관한 사항을 규율하고 있는 관련 규정(제13조 내지 31조)의 적용도 받게 된다고 할 것이다."

그러나 현실은 어떠한가? 2016년 1월 21일 행정법원 2심 재판에서 전교조에 대한 법외노조 판결이 나자 교육부는 기다렸다는 듯이 전교조의 목줄을 죄는 4가지 조치를 하라고 시도 교육청에 공문을 발송하였다. 전임자를 학교에 복귀시킬 것, 단체협약을 해지할 것, 사무실을 회수할 것, 시도 교육청의 여러 자문위원회의 전교조 위원을 해임할 것 등이다. 상황이 이런데 '어느 정도의 단체교섭이나 협약체결 능력을 보유한다'는 말이 가당키나 한가?

그 중에서 가장 뜨거운 쟁점이 전임자 복귀 문제였다.[19] 노조의 시도 지부장 등 직책을 맡아 일을 계속할 수밖에 없는 34명의 교사들이 추풍낙엽처럼 목이 달아났다. 1989년 전교조 결성 당시 1,500여명이 넘는 교사들을 대량 해직시킨 이래 최대 규모의 교사 해직 사태다.

---

19) 전교조의 전임자는 2017년 현재 83명으로 전국 16개 시·도 지부와 6만 5천여 조합원을 생각할 때 매우 부족한 실정이다. 7천여 명의 조합원이 있는 서울지부의 경우 전임자 5명으로 운영되고 있다. 민주노총 각 산별노조마다 사정이 있겠으나 전교조는 교육 전문 단체로서의 기능도 겸하고 있어 정책 연구, 대안 제시 등 그 업무가 방대하다는 것을 고려한다면 너무도 적은 숫자이고 그야말로 '노조가 전임자들을 노동착취하고 있다.' 이렇게 된 데에는 전임자들의 급여를 사용자가 주지를 않고 조합비에서 부담하도록 교원노조법을 만들어 놓아 부담 능력에 한계가 있을 수밖에 없기 때문이다. 그 뿐이랴. 교육부는 자기들이 급여를 주지 않으면서도 전임자 수를 제한해 오고 있다.

2013년 5월에 헌법재판소가 법외노조 통보로 규정한 노조법 시행령 9조 2항을 헌법에 위배되지 않는다고 판결하면서 위김문에 노조 아님 통보를 받아도 노조로서 모든 권리를 박탈당하는 것은 아니라고 하였다. 그러나 교육부는 노조 결임가부 휴직처리해 주지 않고 서울 12명 포함하여 전국 3명의 교사 모두를 직권면식으로 해시시킨다. 시울 기부강으로서 교육청 정문 앞에서 교육부의 부당한 지지를 따르지 말라고 1인 시위를 하는 장면.

  노조법 시행령 9조 2항, '노조가 아니라고 통보할 수 있다'는 조문이 뜻하는 바는 도대체 뭔가? '노조이기는 한데 노조가 아니라고 통보를 한다'니 무슨 소린가? 이런 식의 법령을 두고 법을 존경하라고 하고, 그런 법령을 가지고 조자룡 헌 칼 휘두르듯 권력을 남용하면서 법을 지키라고 하면 정의가 설 자리가 있을 리 없다.

  청와대 민정수석을 지냈던 인사가 남긴 수첩을 보면 대통령, 비서실장 등이 4~5일마다 한 번꼴로 전교조에 대해 언급하고 무언가 조치를 하도록 했다고 한다. 법외노조 통보가 내려보내지자 김기춘 비서실장이 '긴 프로세스의 결과'라면서 기뻐했다는 것이다. 역사교과서 국정화를 강행하기 전, 2013년에 교학사가 발행한 친일을 미화한 극우 이념의 역사교과서가 전국에서 딱 두 군데에서만 채택되는 '참사'를 겪을 때, 그들은 반성을 하기는커녕 전교조 탓을 했다. 학교를 독재에 순응하도록 가르치는 세뇌교육장으로 만드는 데에 눈엣가시가 전교조였을 것이다.

과정은 그렇다 하더라도 이제 문제를 해결을 해야 한다. 고용노동부의 '노조 아님 통보'는 과했다. 시정 명령도 아니고 곧장 노조의 목줄을 죄었다. 현행법을 어긴 점이 있다고 인정하고 불이익을 감수한다고 하더라도 지나친 처분이었다. 교내 봉사 정도의 벌을 내려야 할 학생에게 퇴학 처분을 내려버린 꼴이다. 이제 박근혜 정부의 적폐를 바로잡는다는 차원에서 조속히 '그 통보'를 취소해야 한다. 사필귀정이라지 않는가?

문재인 정부가 전교조에 가해진 부당한 탄압에 대해 시시비비를 제대로 가려 가닥을 바로잡아 주지 않는 것은 심히 유감이다. 시간이 지나면 '구박하던 시어미보다 말리는 시누이가 더 밉다'고 그걸 그저 그렇거니 하고 마는 문재인 정부가 더 야속해질 것 같다. 전 정부와 수구 언론이 전교조에 덧칠한 억울한 누명들을 바로잡아 주어야지 그것 때문에 부담 간다고 거리두기를 하려 한다면 '촛불 시민혁명의 정신'을 저버리는 처사다. 전교조는 교육의 민주주의를 위해 고난을 무릅쓰고 바른 말을 해 왔다. 간신배들에게 억울한 누명을 쓰고 고난을 겪었던 충신을 이제는 제대로 대해 주어야 하지 않겠는가?

전교조를 법외노조로 내버려 두는 데에는 막대한 기회비용이 따르고 있다. 교육부의 어떠한 교육개혁도 교사들이 교실에서 실천하지 않으면 제대로 추진이 될 수가 없다. 2012년 곽노현 교육감의 서울교육청이 학생인권조례를 만들고 그에 따라 학생들에 대한 체벌을 금지하는 공문을 내려 보냈을 때 학교에는 엄청난 회오리가 일었다. 그도 그럴 것이 고등학생의 경우 지난해까지 체벌이 무서워 선생님 말에 따르던 학생들을 한순간 체벌 없이 이끌어 가라고 한 것이니 보통일이 아니었다. 황소에게서 하루아침에 코뚜레를 빼버리고 끌어가라고 하는 꼴이니 오죽했겠는가? 그 상황에서 많은 어려움 속에서도 체벌 금지를 정착시켜 갔던 힘은 전교조 교사들이었다. 일시적으로 어려움을 겪더라도 언젠가 취해져야 할 조치라는 생각으로 반발하는 교사들을 설득해 나간 교사들이 '체벌 금지'를 성공시켰다. 혁신학교도 마찬가지다. 한번도 가 보지 않았던 길로 학교를 이끌어 가자니 많은 시행착오와 피땀이 요구되었지만 혁신학교를 통해 교육의 희망을 일구려는 많은 선생님들이 새로운 교육실험을 성공시켰다. 문재인 정부가 의미 있는 교육개혁을 한 가지라도 성공시키려면 교사들의 열정을 이끌어 내야 한다. 교사들의 손을 잡고 교사들과 눈을 맞추어야 한다. 전교조의 법적 지위를 회복시키고 교육개혁의 방향에 대해 같이 논의해야 한다. 단체교섭을 하고 단체협약을 체결하면서 교육 현안을 하나하나 해결해 나가야 한다. 지금 전교조가 법외노조로 발이 묶여 있는 상황은 이렇게 일이 될 수 있는 가능성을 없게 만들어 버리고 있다. 지불하지 않아도 되는 막대한 기회비용이 참으로 안타깝다.

전교조 교사들은 특별한 사람들이 아니다. 전교조에 가입하지 않은 교사들과 별반 다르지 않은, 상식을 존중하는 보통의 선생님들일 뿐이다. 다수 교사들을 저 쪽 편에 세우고 편 가르기를 하는 일은 이제 그만해야 한다. 이제 교사들을 교육 개혁에 적극 참여하도록 만들어야 하고, 그 첫 걸음이 전교조를 유배에서 해제하여 제자리에 돌려 놓는 일이다.

촛불 든 전교조 해직교사 "참교육 열정, 24년 전 처음처럼"

한겨레신문 2013년 10월 25일 1면, 김지훈 기자

1987년. 처음으로 발령받은 서울 관악구 봉천중학교(현 인헌중) 교단에 섰을 때 빡빡머리 중학생들이 물었다.

"서울대 나와서 왜 돈 많이 주는 회사 안 가고 선생님이 됐어요?"

27살 앳된 얼굴의 선생님은 말했다.

"교사가 빛이 나는 직업은 아니지만 너희들을 만날 수 있으니 평생 보람을 느끼며 살 수 있을 거라 생각했단다."

하지만 1980년 광주민주화운동을 겪으며 학생운동을 한 젊은 이성대 교사의 마음은 '군대와 다름없던' 학교의 현실 앞에 분노와 슬픔으로 가득 찼다. 교사들이 휘두르는 몽둥이에 학생들의 엉덩이에선 멍이 떠나지 않았다. 부장교사는 임신한 여교사 앞에서 담배를 피워 댔다. 교장은 학교 물품을 구입한 것처럼 허위 문서를 만들어 오라고 교사에게 지시했다.

이 교사에게 전교조는 학교를 민주적으로 바꿀 유일한 희망이었다. 전교조가 1989년 5월 설립되고 '촌지 안 받기' 등 '참교육 실현 운동'으로 학교엔 새바람이 불기 시작했다. 이 교사가 전교조에 가입하자 교장만이 아니라 대학 때 지도교수까지 고향에 있는 이 교사의 부모를 찾아가 전교조에서 탈퇴시키라고 으름장을 놓았다. 결국 4개월만인 1989년 9월 이 교사를

포함한 전교조 조합원 1527명은 거리로 내몰렸다.

4년 반 동안의 해직교사 시절은 힘들었지만 함께하는 사람이 있었다. 해직 기간 내내 가르치던 학생들이 편지를 보내고 집으로 찾아왔다. 전교조 해직교사였던 지금의 아내를 복직투쟁 현장에서 만났다. 연애 6개월 만인 1990년 결혼해 관악구 신림동 반지하방에 월세를 얻어 신혼살림을 차렸다. 그해 말 아기가 태어나자 이 교사는 출판사에 취직해 3년간 일하며 가족을 건사했다.

"그 아이가 벌써 대학생이 돼서 군대를 제대했다니까요."

이 교사는 새신랑 시절로 돌아간 듯 웃었다.

1994년 김영삼 정부에서 해직교사들이 다시 특별 채용되고, 1999년 합법노조가 됐을 때는 꿈만 같았다.

"저도 교사인데 학교에서 아이들 가르치는 것이 더 좋죠. 다시는 거리에 나가지 않아도 될 거라 생각했어요. 정부와 단체교섭을 하면서 합리적으로 요구하면 교육 문제를 풀어갈 수 있으리라 생각했죠."

2008년 서울시교육감 선거 당시 전교조 서울지부 부지부장이었던 이 교사는 선거 참여를 독려하는 문자메시지를 조합원들에게 보냈다는 이유로 당시 지부 간부 6명과 함께 재판을 받고 결국 지난해 12월 해직 당했다.

박근혜 정부는 24일 전교조에 '노조 아님'을 통보하면서, 전교조 서울지부 연대사업국장인 이 교사를 포함한 해직교사 9

명을 그 이유로 지목했다. 하지만 전교조 조합원들은 지난 18
일 결과가 나온 총투표에서 이들을 내치지 않았다. 이 교사는
동료 조합원들이 고맙고 자랑스럽다.

"해직의 고난을 당하고 제 젊은 시절을 다 바쳐 합법노조
로 만든 전교조인데 이것마저 못하게 하는가 생각하니 밤잠이
안 왔습니다. 제 세대가 더 열심히 싸웠어야 했나 반성도 했고
요."

이 교사는 말을 잇지 못했다.

올해로 53살인 이 교사는 26년 전 처음 교단에 섰던 자신처
럼 젊은 전교조 조합원 교사들을 생각한다.

"오늘이 큰 시련인 것 같아도 해직교사들이 했던 대로 후배
교사들이 제자들을 참되게 가르치고 학부모님들을 진실 되게
만나면 전교조는 사라지지 않을 겁니다."

선생님처럼 '참교육'하려 전교조 교사가 되었는데…

– 이성대 해직교사 기사를 보고… 교사가 된 제자가 띄운 편지

한겨레신문 2013년 10월 26일 1면 정대연

해직을 감수하면서 전국교직원노동조합(전교조) 합법화를 이뤄냈으나 다시 해직과 전교조 법외노조화를 겪게 된 이성대(53) 교사의 이야기(〈한겨레〉 25일치 2면)가 보도된 뒤, 이 교사가 4년 반의 첫 해직 생활을 마치고 복귀한 서울 관악구 상도중 교사 시절 제자였던 정대연(33)씨가 스승에게 전하는 편지를 〈한겨레〉에 보내왔다. 정씨 역시 현재 서울 명지고에서 역사를 가르치는 전교조 소속 교사다. 정 교사도 지난 24일 스승과 함께 노조를 빼앗겼다.

선생님 안녕하십니까? 20년이 다 돼서야 인사드리는 불충한 제자입니다. 어제 학교에서 야간 자율학습을 감독하던 중 우연히 선생님의 기사를 보게 되었습니다. 선생님의 얼굴을 뵙는 순간 떨리는 마음을 진정시킬 수 없더군요.

선생님께서 복직하신 게 1994년도였군요. 저는 몰랐습니다. 제가 선생님의 복직 후 첫 제자라는 것을. 전교조 합법화를 위해서 그 힘든 세월을 견디셨다는 것을요.

항상 선비같이, 허허 웃는 웃음으로 아이들을 아껴 주셨지요. 그런 선생님이셨지만 사회의 잘못된 부분에 대해서는 불

같이 목소리를 높이고는 하셨습니다. 그때 가르침을 받았던 선생님의 제자가 지금은 선생님과 같은 길을 걸어 역사교사로서 교단에 섰습니다.

저는 대학교 4학년이 돼서야 뒤늦게 아이들을 가르치는 교사가 돼야겠다고 마음먹었습니다. 교생을 하면서 제가 교직에 잘 맞겠다는 생각을 했습니다. 선생님처럼 아이들을 꽃처럼 여기며 살아가야겠다고 다짐했습니다.

그러나 아이들을 위한 것인지 아닌지 판단조차 할 수 없는 업무에 지쳐 가며 저는 저의 다짐을 잊어갔습니다. 그래서 전교조에 가입했습니다. '참교육'을 하고 싶어서요.

선생님, 저는 역사교사가 되고자 했습니다. 아이들에게 올바른 역사를 가르치고 싶었습니다. 세상을 넓게 바라보고, 올바른 생각으로 자신의 뜻을 펼치며 민주주의적 가치를 지켜나갈 수 있는 아이들을 기르고 싶었습니다.

그런데 이 시대는 잘못된 사관으로 가득한 역사 교과서로 아이들을 가르치라고 선생을 내모는군요. 이런 시대에 역사교사로, 전교조로, 무엇보다 아이들의 선생으로서 저희는 어디에 서야 합니까?

이제 정부는 저희를 '법 밖의 사람'이라 규정지었습니다. 전교조에 들어온 지 3년차, '이제 진정 올바른 교육을 해야지'라고 생각하는데 법외노조라니요. 이게 무슨 말입니까?

선생님, '법 밖의 삶'은 어떠한가요? 전교조가 불법으로 치부되던 시절에 선생님의 삶은 어떠하셨는지요? 저와 제 동료들은 이제 법 밖의 사람으로 교단에 서야만 합니다. 이제 저는 아이들에게 어떤 이야기를 해야 하나요? 거리의 이야기를 해야 하나요? 법 밖의 삶을 이야기해야 하나요? 아이들은 저를 어떻게 바라볼까요? 불법 교사로 바라볼까요? 안타까운 시대에. 한숨이 나옵니다.

선생님, "해직교사인 나를 내치지 않은 동료들이 고맙다"고 하셨나요? 잘못 생각하셨습니다. 신산스러웠지만 이 땅의 민주교육을 위한 선생님의 자랑스러운 투쟁의 삶이 있었기에 저희가 좀 더 나은 환경에서 근무할 수 있었고, 아이들이 좀 더 나은 환경에서 자랐습니다. 그런 선생님을 내치다니요?

"내 세대가 더 열심히 싸웠어야 했나"라는 선생님의 말씀을 읽고 부끄러웠습니다. 선생님의 반성문은 저희 세대가 써야 할 반성문이었습니다.

선생님의 제자가 이제 같은 길을 걷는 동료가 됐습니다. 동료로서 약속 드립니다. 전교조가 선생님을 지켜 드리겠습니다. 선생님이 세우셨던 전교조의 숭고한 가치를 지켜 나가겠습니다. 무엇보다 선생님의 지난 젊음을 헛되지 않게 하겠습니다.

선생님, 전교조가 다시 '법 안의 삶'에서 아이들을 가르칠 날이 머지않아 올 겁니다. 그땐 서울 종로 뒷골목의 오래된 주점에서 선생님과 함께 탁배기 넘치도록 잔을 흔들고 싶습니다.

날이 점점 추워집니다. 건강 조심하십시오.

제자이자 동료인 정대현 올림

해직을 감수하면서 전국교직원노동조합(전교조) 합법화를 이뤄냈으나 다시 해직과 전교조 법외노조화를 겪게 된 이상대(53) 교사의 이야기((한겨레) 25일치 1면)가 보도된 뒤 이 교사가 4년 반의 첫 해직 생활을 마치고 복귀한 서울 관악구 신도동 교사 시절 제자였던 정대연(33)씨가 스승에 전하는 편지를 (한겨레)에 보내왔다. ▶관련기사 7면

선생님처럼 '참교육'하려 전교조 교사가 되었는데…

선생님 안녕하십니까? 20년이 다 돼서야 인사드리는 불충한 제자입니다. 어제 학교에서 야간자율학습을 감독하던 중 우연히 선생님의 기사를 보게 되었군요. 선생님의 얼굴을 뵙는 순간 멸리는 마음을 진정시킬 수 없더군요.

선생님께서 복직하신 게 1994년도였군요. 저는 몰랐습니다. 제가 선생님의 복직 후 첫 제자라는 것을. 전교조 합법화를 위해서 그 힘든 세월을 견디셨다는 것을.

항상 선비같이, 허허 웃는 웃음으로 아이들을 아껴주셨지요. 그런 선생님이셨지만 사회의 잘못된 부분에 대해서는 불같이 목소리를 높이고는 하셨습니다. 그때 가르침을 받았던 선생님의 제자가 지금은 선생님과 같은 길을 걸어 역사교사로서 교단에 섰습니다. 저는 대학교 4학년이 돼서야 뒤늦게 아이들을 가르치는 교사가 돼야겠다고 마음먹었습니다. 고생을 하면서 제가 교직에 잘 맞겠다는 생각을 했습니다. 선생님처럼 아이들을 꽃처럼 여기며 살아가야겠다고 다짐했습니다.

그러나 아이들을 위한 것인지 아닌지 판단조차 할 수 없는 업무에 지쳐가며 저는 저의 다짐을 잊어갔습니다. 그래서 전교조에 가입했습니다. '참교육'을 하고 싶어서요.

선생님, 저는 역사교사가 되고자 했습니다. 아이들에게 올바른 역사를 가르치고 싶었습니다. 세상을 넓게 바라보고, 올바른 생각으로 자신의 뜻을 펼치며 민주주의적 가치를 지켜나갈 수 있는 아이들을 키우고 싶었습니다.

그런데 이 시대는 잘못된 사관으로 가득한 역사 교과서로 아이들을 기르라고 선생을 내모는군요. 이런 시대에 역사교사로, 전교조로, 무엇보다 아이들의 선생으로서 저희는 어디에 서야 합니까? 이제 정부는 '법 밖의 사람'이라 규정지었습니다. 전교조에 들어온 지 3년차. '이제 진정 올바른 교육을 해야지'라고 생각하는데 법외노조라니요. 이게 무슨 말입니까? 선생님, '법 밖의 삶'은 어떠한가요? 전교조가 불법으로 치부되던 시절에 선생님의 삶은 어떠하셨는지요? 저와 제 동료들은 이제 법 밖의 사람으로 교단에 서야만 합니다. 이제 저는 아이들에게 어떤 이야기를 해야 하나요? 거리의 이야기를 해야 하나요? 법 밖의 삶을 이야기해야 하나요? 아이들은 저를 어떻게 바라볼까요? 불법 교사로 바라볼까요? 안타까운 시대에, 한숨이 나옵니다.

선생님, "해직교사인 나를 내치지 않은 동료들이 고맙다"고 하셨나요? 잘못 생각하셨습니다. 신산스러웠지만 이 땅의 민주교육을 위한 선생님의 자랑스러운 투쟁의 삶이 있었기에 저희가 좀 더 나은 환경에서 근무할 수 있었고, 아이들이 좀 더 나은 환경에서 자랐습니다. 그런 선생님을 내치다니요? "내 세대가 더 열심히 싸웠어야 했다"라는 선생님의 말씀을 읽고 부끄러웠습니다. 선생님의 반성문은 저희 세대가 써야 할 반성문이었습니다. 선생님의 제자이자 이제 같은 길을 걷는 동료가 됐습니다. 동료로서 약속드립니다. 전교조가 선생님을 지켜드리겠습니다. 선생님이 세우셨던 전교조의 숭고한 가치를 지켜나가겠습니다. 무엇보다 선생님의 지난 걸음을 헛되지 않게 하겠습니다.

선생님, 전교조가 다시 '법 안의 삶'에서 아이들을 가르칠 날이 머지않아 올 겁니다. 그런 서울 종로 뒷골목의 오래된 주점에서 선생님과 함께 탁배기 넘치도록 잔을 흔들고 싶습니다. 날이 점점 추워집니다. 건강 조심하십시오.

제자이자 동료인 정대연 올림

한국사 교과서 국정화를 용납할 수 없는 이유

교문 안의 노동인권

영훈국제중, 이러고도 교육인가?

일반고 살리기 자사고, 외국어고의 일반고 전환

사립학교 민주화가 절실하다.

교육혁명이 필요하다
- 2007년 대통령 선거교육정책 대안

〈부록〉 공립형 대안학교의 필요성을 조사하기 위한
인문계 고등학생들의 의식조사 설문지

4부

고우만 남고
껍데기는 가라!

한국사 교과서 국정화를 용납할 수 없는 이유 [20]

　온 나라가 한국사 교과서 국정화문제로 갈등의 소용돌이에 휘말려 들고 있습니다. 그 진원지는 국정을 책임지고 있는 정부 여당입니다. 주요한 현안이 있을 때마다 국민들을 편 가르기 하여 정치적 성과를 거두어 온 정부 여당이 시민 사회를 향하여 거침없는 공세를 가하고 있습니다. '우리 학생들이 주체사상을 배우고 있습니다.'라는 현수막이 대로에 나부끼는 광경은 도무지 현실감이 없고 기

---

20) 이 글은 2015년 10월에 정부가 역사교과서를 국정화하겠다고 발표한 직후 신문에 투고하려고 쓴 글이다. 역사교과서의 국정화에는 크게 두 가지 문제점이 있다. 하나는 특정 세력이 자신들의 이데올로기를 국민들에게 강요함으로써 자신들의 지배를 합리화하고 영속화하려 한다는 것이고, 다른 하나는 그 내용의 문제점이다. 국민들에게 문제의 심각성을 알리는 데에는 구체적인 내용을 알려 나가는 것이 효과적이라고 판단하여 내용의 문제를 주로 쓰게 되었다.

괴한 느낌을 줍니다. 여당 대표는 앞장서서 교과서 전쟁의 소대장 노릇을 맡고 나서고 있습니다. '학부모들이 교과서를 보면 깜짝 놀랄 것이다'고도 말했다 합니다.

　사태가 이 지경이라면 그냥 넘어갈 일이 아닐 거 같습니다. 지금 고등학교 교실에서 사용되고 있는 교과서들은 이 정부가 마련한 집필 지침대로 쓰여지고 교육부의 검정 심사를 받아 통과한 교과서들로서 몇 년간 전국의 학교에서 사용되어 왔습니다. 보통 문제가 아닙니다. 집필 지침을 만든 사람들, 검정 심사를 한 사람들, 일선 학교의 교장 선생님들, 직접 수업을 해 오신 역사 교사들 모두 엄벌에 처해야 마땅할 것입니다. 교육부 장관이 모든 것에 대하여 책임을 져야 할 것입니다. 아니 장관에서 그칠 일이 아닙니다. 국정원장, 대통령까지도 국기 문란의 책임을 져야 하지 않겠습니까? 자신들이 책임지고 만든 교과서를 아닌 밤 홍두깨도 아니고 어느 날 종북 교과서라고 공격하다니, 정말 어안이 벙벙할 따름입니다. 정략적 판단 때문에 제정신이 아닌 것 아닌가요?

　정부 여당은 현행 교과서에 문제가 있다면 검정 기준을 강화하면 되지 않겠느냐는 의견마저 묵살하고 기어이 한국사 교과서 국정화를 강행하면서도 '지금이 어느 시대인데 친일과 독재를 미화하는 교과서를 만들겠느냐?'고 뻔뻔스럽게 발뺌을 하고 있습니다. 정말 그럴까요? 2013년에 교학사 교과서를 급조하여 배포하였으나 서울의 318개 고교 가운데 단 한 곳에서만 그것도 복수 교과서

2015년 10월 '역사 교과서 국정화에 반대한다.'는 전교조 기자회견. 필자는 "그들이 만들려는 국정 교과서는 친일을 정당화하고 독립 운동가들을 물정 모르는 사람들이었다고 쓰려는 것이다. 이리 되면 더 이상 교육은 없다. 전교조는 명운을 걸고 이를 저지하기 위해 나올 것이다."고 발언하였 다. 사진 왼쪽부터 신성호 전교조참교육실장, 필자, 변성호 전교조 위원장, 조한경 역사교사모임 회장, 김용섭 전교조 사무처장.

의 하나로 채택되는 데에 그친 바 있습니다. 당시 교학사 교과서는 일제의 식민지배가 한국사회의 근대화에 도움이 되었다는 '식민지 근대화론'에 따라 식민 지배와 친일을 합리화하고, 경제 발전을 내 세워 박정희 정권의 독재정치를 미화한 내용 때문에 철저히 외면 당하였습니다. 검정제 하에서 안 되니까 아예 국정화를 추진하고 있다는 것을 알만한 사람들은 다 알고 있습니다.

12일 교육부 장관이 한국사 교과서 국정화를 발표하는 데에 배 석하였던 김정배 국사편찬위원장은 대한민국 원년이 1919년이냐, 1948년이냐고 묻는 기자의 질문에 끝내 대답을 해 주지 않았습니 다. 헌법 전문에 '유구한 역사와 전통에 빛나는 우리 대한국민은

3·1 운동으로 건립된 대한민국임시정부의 법통과 불의에 항거한 4·19 민주이념을 계승하고…'라고 명시되어 있음에도 불구하고 이를 끝내 부정한 것입니다. 이런데도 친일과 독재를 미화하는 교과서를 만들 의사가 추호도 없다고 하면 누가 믿겠습니까?

정부 여당이 내심 하고 싶은 주장은 '일제 하에 친일을 했건 군사 독재를 했건 따지지 말라. 우리들이 바로 오늘의 경제 강국 대한민국을 만든 주도세력이고 대한민국의 정통 세력이다.' 딱 이것이라고 짐작이 갑니다.

교과서 내용도 문제이지만 정부가 자신들의 입맛에 맞는 국정 교과서를 만들어 모든 학생들에게 일방적으로 교육하겠다는 발상 자체가 큰 문제입니다. 낮도깨비도 유분수지, 21세기 백주 대낮에 '신민 교육'을 하겠다는 것입니까? 지금 전 세계에서 국정 역사 교과서를 쓰는 나라는 북한, 몽골, 베트남, 쿠바 같은 몇몇 나라밖에는 없습니다. 민주주의 국가에서 현재와 연결될 수밖에 없는 과거를 자신들만의 시각으로 해석하고, 강요하는 이러한 일은 상상도 할 수 없는 일이고 결코 받아들여질 수 없습니다.

안중근 의사께서 '견리사의(見利思義) 견위수명(見危授命)'이라고 쓰셨습니다. '눈앞의 이익보다는 의로움을 생각하고, 나라가 위태롭거든 목숨을 바쳐야 한다'는 뜻입니다. 윤봉길 의사께서는 '뜻을 이루기 전에는 살아서 돌아오지 않는다'라는 비장한 글을 남긴 채 사랑하는 아내와 두 어린 아들을 뒤로하고 중국으로 망명길에

오르셨습니다. 우리 나이로 안중근 의사가 32세, 윤봉길 의사가 25세 나이에 목숨을 바치셨습니다.

유관순 열사께서는 이화학당 고등과에 입학하신 이듬해에 3·1 운동이 일어나자 학생들과 함께 가두시위를 벌였고, 학교가 휴교하자 고향으로 내려가 3월 1일 아우내 장터에서 3,000여 군중에게 태극기를 나누어 주며 시위를 지휘하다가 출동한 일본 헌병대에 체포되었는데, 이때 아버님과 어머님은 일본 헌병에게 피살되고, 집마저 불탔다고 합니다. 그 후 3년형을 선고받고, 서대문형무소에서 복역 중 고문에 의한 방광파열로 옥사하셨습니다. 당시 19세 나이였습니다.

이 분들의 삶에 대하여 공감하고, 불의에 맞서려는 정의감을 갖는 것은 역사교육이, 역사교과서가 있어야 할 가장 기본적인 이유일 것입니다.

한 사회가 계속 존재해 나가고 건강성을 유지하기 위해서는 공동체에 대한 믿음이 필요합니다. 우리는 3·1 운동과 4·19 시민혁명을 통해 억압과 차별을 거부하고 자유와 정의, 민주주의의 가치를 확인해 왔습니다. 프랑스 사람들이 대혁명을 통하여 자유, 평등, 우애라는 공동체의 기초를 다질 수 있었던 것처럼 민족 해방운동과 반독재 민주화 운동은 우리 사회가 서 있을 수 있게 하는 소중한 기반이 아닐 수 없습니다.

그런데 지금 어떤 일이 전개되고 있습니까? 안중근, 윤봉길, 유관순 선열님들의 그 열렬했던 애국애족의 마음을 별 가치가 없는 것으로 만드는 일을 국가가 공식화하려고 합니다. 그 반대편에는 공동체의 이상 따위를 비웃는 사익 추구, 그를 위하여 공동체에 대한 배신도 서슴지 않았던 냉철한 지혜(?)가 추앙받는 것 이외에 무엇이 남겠습니까? 이렇게 되면 사회 공동체는 서 있을 자리가 없게 될 것입니다. 있다면 이해관계로 뭉친 마피아만이 남을 것입니다. 정말 끔찍한 일입니다. 이것이 바로 오늘 우리가 한국사 교과서 국정화를 결코 용납할 수 없는 이유입니다. 시민사회의 힘을 모아야 하는 절실한 순간입니다.

교문 안의 노동인권

우리 사회의 가장 취약한 부분 가운데 하나가 바로, 많은 사람들이 노동인권의 소중함을 제대로 인식하지 못하고 있다는 것이다. 학교 교문 안의 노동인권 상황도 예외가 아니다.

2008년에 신림여중에 근무할 때 일이다. 행정실 회계직원 한 분이 학교의 취업규칙을 만들고 있는데 자신들은 노동조합도 없고, 잘 아는 게 없으니 선생님께서 교장 선생님과 취업규칙에 대해 협의를 좀 해 주시면 좋겠다고 부탁을 했다. 조항 중에 '근무가 불성실할 경우 계약을 해지할 수 있다.'는 내용이 있어서 이렇게 추상적이고 포괄적으로 쓰시면 안 된다, '무단 결근을 3회 이상 할 경우에 징계 등'으로 구체적인 내용으로 고쳐야 한다고 하였더니 "제가 이 조항을 악용하겠습니까?" 하신다. "교장 선생님께서는 안 그

2011년 12월 학교 비정규직노조 서울 지부 사무실 개소식에 참석하여 현판 앞에서. 서울의 3개 학교비정규직노조들은 서울시교육청이 임대하여 제공한 사무실에서 안정적인 노조활동을 할 수 있게 되었다.

러시겠지만 후임 교장 선생님께서 악용하시면 어떻게 합니까?" 말씀드렸더니 이해를 좀 하셨다. 이러저러한 이야기를 나누다 교장 선생님께서 "선생님, 이 분들께 임금 다 제대로 드리면서 학교 운영 못합니다." 이러시길래 "교장 선생님, 임금에도 가격이 있지 않겠습니까? 적정한 임금을 다 주지 않는 것은 그분들의 임금 몫에서 일정액의 기부금을 받아 학교를 운영하는 셈인데요. 그렇다면 교장 선생님께서도 일정 비율로 기부금을 내시지요. 저도 그렇게 하겠습니다." 말씀을 드렸더니 더 이상 말씀이 없으셨다.

학교는 정의와 진리를 가르치고 인간애와 인권, 인간 간의 연대를 소중히 하는 곳이라는 믿음과 기대가 있으나 현실은 그렇지 못한 것이다. 학교의 교문 안도 담장 밖 사회와 별세계일 수 없는 것

2017년 6월 29일 2천여명이 참가한 학교비정규직 노동자 파업 집회에서 지지 발언. "여러분들은 수십만 서울 지역 학생들에게 소중한 것을 가르치고 계신다. 지금 학교에선 왜 선생님들이 길거리에 나갔는지, 노동자들의 파업이 왜 중요한지, 권익을 지키기 위해 어떻게 당당하게 투쟁하는지 배우고 있을 것"이라고 말했다.

이다.

학교비정규직 노동자[21]들이 힘들게 일하고도 저임금과 고용불안, 비인권적 노동 환경 속에서 일하고 있다. 학교에는 교무실무

21) 학교비정규직 노동자들은 크게 '비정규직 교원'과 '비정규직 일반 노동자'로 구분이 가능한데 후자를 학교 회계에서 급여를 지급한다는 의미에서 통상 '학교회계직원'이라고 부르고 있다.

사, 교무 행정사, 과학실험 보조원, 전산실무사, 사서, 급식실 조리원, 영양사, 행정실의 회계직원, 야간 경비원 등 70여 직종의 비정규직 노동자들이 고용되어 있는데, 2012년에 전국의 학교 회계직원은 152,609명이나 되었다.

학교 비정규직 노동자들의 총 수는 2016년 기준으로 학교 회계직[22] 141,173명, 비정규직 강사 164,870명, 파견·용역 27,266명, 기간제 교사[23] 46,666명으로 전체 379,975명이다[24].

학교 회계직원의 세부 직종은 50개가 넘고 있는데 서울시교육청은 25개 직종을 '정원관리 대상'으로 분류해 관련 노조와 체결하는 임금 및 단체협약 적용 대상으로 하고 있다. 2016년 4월 교육부 자료를 보면 교무보조 19,478명, 과학보조 4,253명, 전산보조 1,506명, 사서(보조) 4,466명, 사무(행정)보조 8,882명, 돌봄전담

22) 교육부의 '학교회계직 계약관리 지침'에는 "개별 학교에서 교육, 급식, 및 행정업무 등을 지원 또는 보조하기 위하여 필요한 근로를 제공하고 학교회계에서 보수를 받는 자로서 공무원이 아닌 자"로 표현하고 있다. 2016년 4월 기준으로 이들 가운데 116,226명이 무기계약으로 전환된 상태이다.

23) 기간제 교사들은 교원으로서 교사노조의 가입 대상이지만 6개월, 1년 단위로 계약을 하고 쉬나면 다시 계약을 하는 데, 교원노조법의 가입 대상이 현직 교사로 한정되어 있어 노조에 가입한다 해도 계약 기간이 끝나면 조합원 자격을 상실하게 되어 있고, 전교조 조합원이라는 사실을 학교장이 알게 되면 계약을 꺼리기 때문에 전교조에 가입하지 못하고 있는 실정이다. 세월호 사고로 희생되신 두 분 기간제 교사들이 공무원 신분이 아니라는 이유로 순직자로 인정받지 못하다가 여론의 힘으로 겨우 인정을 받게 되었던 현실에서 보듯이 많은 차별을 받고 있다.

24) 이들 가운데 학교비정규직노동조합의 주 조직 대상은 학교회계직원, 비정규직 강사(영어회화전문강사, 스포츠 강사 등), 파견·용역 직원(야간 경비원 등 간접고용노동자) 등이다. 조직 대상이 다양한 고용 환경에 처해 있다는 점은 노조의 활동에 많은 난제를 주고 있기도 하다.

사 12,058명, 조리원 47,714명, 영양사 5,204명 등이다.

서울시교육청의 경우 학교 회계직은 22,859명, 강사직군은 26,949명이어서 학교비정규직은 5~6만여 명에 이른다.

학교 비정규직 노동자들은 전체 공공부문 비정규직 노동자들 약 35~36만 명에 비하여도 그 숫자가 많다. 2013년 이후 교육부와 시도 교육청이 학교 회계직군에 대한 총 정원 관리를 실시하면서 총 정원은 정체하거나 소폭 감소하고 있다. 업무는 늘어나는데 결원은 보충되지 않고 인원 확충이 되지 않아서 노동 강도가 증가하고 있는 실정이다.

학교 비정규직 노동자들의 가장 큰 어려움은 고용 불안정과 저임금이다. 이명박 정부 5년간 학교 비정규직 노동자는 8만 8천 명에서 15만 2천여 명으로 늘어났는데, 같은 기간 학교에 근무하는 지방 공무원은 6만 3천 명 선에서 큰 변동이 없었다. 상시 지속 업무에 기간제 근로자를 반복해서 고용한 결과이다.

학교 회계직원들은 방학 중 비근무자로 되어 있어 근무 일수에 9급 공무원 1일 임금을 곱하여 계산한 연봉제로 급여를 받고 있어 저임금에 고통받고 있다. 조리실무사의 경우 2016년 기본급이 시급 6,366원으로 최저임금보다 겨우 336원이 높은 정도였다. 영양사, 사서는 시급 7,107원이었다. 10년을 근무한 학교 비정규직 노동자들의 월 평균 임금은 영양사 211만 원, 교무보조 191만 원, 조리원 155만 원 정도였다.

교육감 직접고용 방식으로 전환과 무기계약직 전환으로 해마다

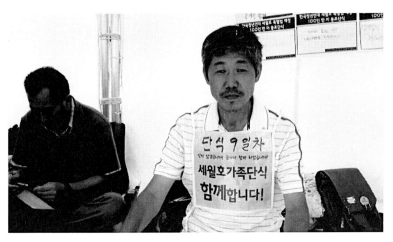

2014년 7월 14일 세월호 유가족들이 광화문 광장에서 세월호 특별법 제정과 진상규명을 촉구하는 단식농성을 시작하였고 이를 지지하는 각계인사들 10여명도 같이 단식농성에 참가하였다.

반복되어 왔던 대량해고 사태는 사라지게 되었으나 사립의 경우 전환 비율이 91.3%에 그치고 있고, 무기계약 전환 제외자가 전국 약 1만 6천여 명, 서울의 경우 제외자의 비율이 전국 평균 11.6% 보다 높은 17.9%에 이르고, 무기계약으로 전환되었다 하더라도 고용불안만 겨우 면한 비정규직의 처우에 그치고 있다. 학교 회계직원의 인건비는 공무원처럼 별도로 책정되지 않고 매년 사업비 속에 포함되어 학교로 교부되고 있어 고용 불안이 발생할 수밖에 없는 구조이다. 무기계약직은 정부가 발표하는 대로 정규직화로 보기는 어렵고 '반(半)정규직화'로 보아야 할 것이다. 무기계약직 전환은 정규직과 차별 없는 처우를 보장하는 진전된 단계가 아니라 자칫 비정규직의 차별을 정당화해 주는 제도가 될 수도 있다. 해고의 사유는 학생 수 감소, 사업 변경, 외주화 등 다양한데 시도 교육청에서 전체를 책임지는 정원관리를 해야 하고 무기계약직으로 전환을 통해 고용을 책임져야 한다.

서울에는 학교 비정규직 노동조합이 5개나 조직되어 있다. 민주노총에 속하는 공공운수노조의 교육공무직본부, 서비스연맹 산하의 학교비정규직노조, 민주노총 서울본부 직가입 노조인 일반노조가 있고, 민주노총 소속이 아닌 전국여성노조 서울지부, 공립학교 호봉제 회계직 노조가 활동하고 있다.

2016년 6월 일 서울의 학교 비정규직 노동자 3,000여 명이 이틀간 총파업 투쟁을 전개하였다. 교육청 앞 도로의 두 차선을 가득 채운 학교 비정규직 노동자들의 물결은 100여 미터가 넘게 이어졌다. 대단한 조직력이었다. 학교 비정규직 노동자들이 노조를 결성한지 10여년 만에 이룬 단결의 힘이었다. 공무직노조, 학교 비정규직 노조, 여성노조 3개 노조가 공동으로 전개한 파업 투쟁이었다. 조합원들의 얼굴에는 자신감과 자부심이 넘쳐났다. '우리들의 이 단결된 대오를 보아라. 이제 누가 우리를 얕볼 수 있는가? 이제 우리 스스로 우리의 미래를 열어 갈 것이다!' 이런 무언의 결의가 가득하였다. 지부장 한 분은 나의 손을 잡고 "우리가 10년 만에 해냈습니다!"라면서 감격을 감추지 못하였다. "이제 학교 비정규직 노동운동은 오늘 이후 완전히 달라질 것입니다. 이 단결의 힘을 경험한 조합원들의 자신감이 그렇고 정부와 교육청, 언론도, 여론도 학교비정규직 노동자들을 다르게 볼 것입니다!" 그날 이후로 학비노조연대는 교육청과 단체협약에 가속도가 붙었고 많은 것들을 쟁취할 수 있었다.

학교 비정규직 노조들은 교육청 앞에서 크고 작은 집회나 기자회견을 할 때에 대개 전교조 서울지부에 참여해 달라는 연대의 요청을 해 왔다. 2016년 12월 말에 갑자기 한 학교에서 조리실무사로 일하시던 서울 일반노조 조합원 한 분이 재계약을 하지 못하여 해고를 당할 위기에 처하였다. 거의 정년을 앞둔 분인데 나이가 많다는 이유로 재계약을 해 주지 않은 것이었다. 규탄 기자회견에 참석한 그 분은 집회도 처음 나온 듯 했고, 어쩌면 교육청에 와 보신 적도 없는 듯 몹시 당황하고 많이 위축되어 있는 듯했다. 힘내시라고 손을 잡으니, 연신 "제발 도와주세요." 라는 말씀을 하신다. 얼마 후 그 분은 원래 있던 학교는 아니지만 다른 학교에 재취업이 되셨다. 한참 후에 다른 집회장에서 그 분을 다시 만나고 많이 놀랐다. 낭패스럽고 위축되었던 모습은 전혀 찾을 수 없었고 얼굴에는 당당함이 묻어났다. '아, 노동조합 한다는 것이 이런 것이구나! 사람을 당당하게 만든다는 것, 혼자서는 무기력한 노동자들에게 든든한 뒷배, 노동조합이 있다는 것이 이런 것이구나!' 절절히 깨달았다.

학교 비정규직 노동자들의 노동운동을 곁에서 지켜보고 연대하면서 많은 것을 느낀다. 거의 정규직 노동자들만큼 많은 수의 비정규직 노동자들을 정규직화 하는 일은 공공부문 노동자들이 먼저 물꼬를 터야 한다. 특히나 학교 비정규직 노동자들이 가장 먼저 정규직화를 달성해야 할 터이다.

차별이 없는 학교, 민주주의가 생활 속에 살아 있는 학교에서 보고 자라난 학생들이 자라나 정의롭고 민주적인 사회를 만들 수 있을 것이다. 그러나 안타깝게도 지금 학생들은 학교에서부터 비정규직 노동자들을 차별하는 모습을 보면서 자라고 있다. 차별은 당연하거나 어쩔 수 없는 것으로 생각하게 되고, 어떻게든 보다 우월한 사회적 지위를 얻기 위해 경쟁에서 이겨야 한다는 가치관을 내면화 하게 될 가능성이 크다.[25]

학교비정규직 노동자들은 2011년 노동조합을 결성한 이후 2012년에는 교육 공무직법안을 발의시키고 전국 1만3천여 명이 결의대회를 갖고 11·9 전국 총파업을 전개하였다. 2013년에는 전국 2차 파업, 2014년 11·8 임단투 승리를 위한 전국 총파업에 전국 1만 조합원 참가, 2016년 4·1 전국 1만여 명 총파업, 6.23~24 서울 2일 연속 총파업, 11·12 호봉제, 교육공무직법 쟁취 1만 상경투쟁 등 단결된 투쟁을 전개해 왔다. 이러한 투쟁의 성과는 2014년 13개 지역에서 진보교육감의 당선으로 탄력을 얻었고 시도별로 교육감 직고용 등을 내용으로 하는 조례가 제정되고 명절 휴가비 100만 원 쟁취, 정기상여금 쟁취, 야3당 75명 의원들의 교육공무직법 공동발의 등을 쟁취해 냈다.

---

25) EBS가 2011. 12. 7 한 학생과 인터뷰한 내용 가운데 선생님으로부터 들었다는 말, "니네 공부 열심히 하지 않으면 (학교비정규직처럼) 저런 잡일 하게 된다."

지금까지 학교 비정규직 노동자들은 단결된 힘으로 많은 처우 개선을 이루어냈으나 학교 비정규직의 공무직화를 통한 정규직 전환이 이루어져야 하고 무엇보다도 보이지 않는 차별이 사라져야 한다. 비정규직 없는 세상을 위한 큰 걸음이 교문 안 노동인권의 확보에서부터 시작되어야 한다.

영훈국제중,
이러고도
교육인가?

영훈국제중은 2006년 공정택 서울시 교육감에 의해 처음 설립이 시도되었으나 노무현 정부의 교육부에 의해 일단 제동이 걸렸다가 [26] 이명박 정부가 들어 선 직후부터 빠르게 추진이 되어 2008년 인가를 받고 2009년에 개교를 한 특성화 중학교이다.

국제화 시대를 이끌어갈 우수한 인재를 기른다는 수월성 교육을 내세우면서 설립된 영훈국제중은 의무교육 기간이자 국민 모두를

26) 2006. 8. 23. 한국경제, 평준화의 틀 안에서 수월성(秀越性)교육을 추진하겠다는 공정택 서울시교육감과 이에 반대하는 교육인적자원부 간 갈등이 국제중학교 인가문제를 계기로 또다시 첨예화되고 있다. … 교육부는 그러나 외국어고 등 일부 특수목적고로 인해 의무교육 단계인 중학교에서부터 입시 열풍이 심각해진다고 판단, 제동을 걸고 나섰다. 국내에는 영훈국제중학교를 비롯해 부산국제중학교, 경기도 가평의 청심국제중학교, 서울 광진구의 대원국제중학교 등 총 4곳이 있다.

2017년 서울 북부지방검찰청 앞에서 열린 영훈국제중교의 수감 중인 이사장이 비영리법인인 학교를 100억 원에 넘기게 된 것에 대한 철저한 수사를 촉구하는 기자회견

대상으로 하는 보통교육의 의미를 심각하게 손상시키는 학교이다. 상당한 학비를 부담할 수 있는 능력 있는 계층의 자녀들만 입학할 수 있는 특권 학교라는 점으로 보나, 자신의 소질과 적성을 찾아가는 여러 가지 시행착오를 해 볼 수 있도록 여유를 주어야 하는 초등학생들까지 입시경쟁으로 몰아가는 문제점을 고려할 때 절대로 설립되어서는 안 되는 학교였다. 그럼에도 이 학교가 강행된 것은 사립초등학교 – 중학교 – 특목고 – 명문대로 이어지는 기득권층의 안전한 계층 물려 주기를 위한 교육제도의 완성을 위한 것이라고 볼 수밖에 없다.[27]

기득권층의 적나라한 욕망이 투영된 이 학교는 2013년 이재용 삼성 부회장의 아들이 사회적 배려자로 입학을 하는가 하면, 2천

만 원을 내고 부정 입학을 했다는 학부모 제보,[28] 대규모 성적조작 입시부정이 조직적으로 자행되어 시교육청의 감사를 받게 되고 교감이 교내에서 자살을 한 채로 발견되어 할 말을 잃게 만들었다. 시교육청의 감사를 거쳐 이사장이 구속되고 이사진이 전원 승인 취소되기에 이르렀다.

그러나 영훈 드라마는 여기서 그치지 않았다. 2015년 재평가에서 낙제점을 받고도 지정이 취소되지 않고 2년 유예되었다가 2017년 재지정을 '먹고야' 말았다.[29] 그 뿐인가? 수감 중인 이사장이 강

---

27) 2013. 1. 22. 아시아데이, 영훈국제중학교는 특목고 입학률이 상당히 높은 것으로 알려졌다. 지난해 한 입시관련업체가 학교 알리미 공시자료를 분석한 결과 작년 영훈국제중학교 졸업생 가운데 61명(39.6%)이 특목고에 진학했다. 이는 서울지역 일반 중학교의 평균 특목고 진학률(3.2%)의 10배가 넘는 수치다.

2015. 9. 20. 뉴스1, 국제중학교 입학생들 중 사립초등학교 출신 학교 비율이 최고 35%에 달하는 것으로 나타났다. 박홍근 새정치민주연합 의원이 20일 교육부로부터 제출받은 '국제중학교 입학생 출신학교 현황' 자료를 분석한 결과에 따르면, 사립초등학교 출신 비율이 가장 높은 곳은 영훈국제중학교로 35%에 달했다. 이어 대원국제중 27%, 경기 청심국제중 6%, 부산국제중 2% 순으로 나타났다. 이는 지난해 기준으로 전국 사립초등학교 졸업생 비율이 1.3%(서울 1.7%)인 점을 감안하면 국제중은 전체 평균에 비해 사립초등학교 출신 비율이 모두 높았으며 학교별로는 최고 27배에 달한다는 지적이다. 국제중은 의무교육 대상이 아니기 때문에 기숙사비와 급식비는 물론 수업료까지 학생이 부담해야 한다. 지난해 기준으로 학생 1인당 평균 납부액은 청심국제중 1,499만 원, 대원 국제중 1,054만 원, 영훈국제중 924만 원, 공립인 부산국제중 269만 원이었다. 더욱이 사립초등학교의 연간 수업료 역시 지난해 기준으로 최고 1,002만 원에 달하는 것으로 나타나 사립초등학교를 거쳐 국제중학교로 연결되는 진학구조 고착화와 이들 학교의 귀족학교화를 부추기고 있다.

2015. 12. 14. 일요서울, 영훈중은 2013학년도 160명 정원에 1,348명이 지원해 8.43대1의 경쟁률을 기록해를 정도로 많은 초등학교 학부모들의 선망의 대상이었습니다.

28) 2013. 3. 5. tbs. 서울 영훈국제중학교가 편입 생 학부모에게 입학 대가로 현금 2천만 원을 요구했다는 주장이 나와 파문이 일고 있습니다. 김형태 서울시 교육의원은 지난 1월 학부모 A씨가 의원실을 찾아와 자녀가 일반전형으로 응시했다가 떨어졌는데 얼마 후 학교 측에서 입학 의사를 타진하며 학교발전기금 명목으로 현금 2천만 원을 요구해 현금을 줬다고 말했다고 밝혔습니다. 김 의원은 추가로 알아본 결과 입학 대기자나 편입생이 영훈국제중에 들어가려면 2천만 원을 내야 한다는 사실은 공공연한 비밀이었다고 주장했습니다.

남의 대형교회와 100억대의 돈거래를 하면서 학교를 넘기기까지 하였다.[30]

　더 큰 문제는 교육의 이름으로 도저히 존립해서는 안 되는 학교를 조희연 교육감의 서울교육청이 재승인을 해 주었다는 데에 있다. 2015년 2년 유예를 할 때는 지정 취소해도 박근혜 정부의 교육부가 제동을 걸게 뻔한 상황이어서 그랬다 쳐도 촛불 정부[31]가 들어선 2017년 6월 28일에 이르러서까지 재승인을 해 주었다는 것은

---

29) 2015. 5. 7. 아주경제, 서울교육청이 영훈국제중학교에 대해 지정취소를 2년 유예하고 서울외고는 교육부에 취소를 요청하기로 했다. 입시비리 문제가 불거졌었던 영훈국제중에 대한 사정 취소 유예와 서울외고에 대한 대응이 엇갈리면서 재심의를 적용한 것이 아니냐는 지적이 나온다. 서울교육청은 7일 영훈국제중학교에 대한 평가 결과 기준 점수대 못 미쳤으나 조희연 교육감이 평가 결과와 청문, 의견 수렴 등 종합적인 판단을 한 결과 2년 후 재평가하기로 하고 서울외고의 경우에는 검토 결과 교육부에 지정취소 요청을 하기로 했다고 밝혔다.

30) 2015. 12. 14. 일요서울. 영훈국제중 대형교회에 매각… '100억 뒷돈' 거래 의혹. 영훈학원의 매각대상자로 서울의 한 대형교회가 선정됐다. 서울시교육청 등에 따르면 영훈학원 이사회는 지난 10월 경영위탁 공모에 지원한 세 곳 가운데 재정 기여방안 등에서 점수를 높게 받은 강동구의 한 대형교회를 매각대상자로 선정했다고 밝혔다. … 최근 영훈학원과 ○○교회 사이에 계약시에는 명시돼 있지 않은 뒷돈 100억 원을 주고받기로 한 '이면계약'이 있다는 주장이 제기돼 논란이 되고 있다. 지난 10월 29일 열린 '영훈학원 정상화 추진위원회'에 참석한 한 관계자는 "최근 '교회 쪽 감사가 경영계획에 대한 브리핑을 하면서 '계단 설립자 폭파 협상을 해야 하기 때문에 따로 돈이 필요하다'고 말했다. 위원들이 '그게 얼마냐'고 묻자 '100억 원'이라고 답했다"고 전했다.

31) 2017. 5. 10. 아주경제. 19대 대통령에 문재인 민주당 후보가 당선되면서 교육 공약으로 내세웠던 자율형사립고와 외고, 과학고 등 특수목적고등학교의 폐지 추진 정책이 주목된다. 구체적으로 폐지 정책이 어떻게 추진될지 불분명한 가운데 시간이 걸리더라도 일반고 집중력 강화에 힘이 실리면서 고교 다양화 정책에서의 방향 전환은 불가피할 것으로 예상된다. 자사고, 특목고 폐지 공약은 우수 학생들이 이들 특목고로 빠지면서 일반고가 황폐화됐다는 지적에 따른 것이다. … 서울에만 21곳의 자사고가 남아 있는 가운데 이르면 2018학년도부터 일반고 전환이 이뤄질지 주목된다. 정부가 전환을 강하게 유도할 경우 이르면 2018학년도 모집부터 일반고로 전환 운영이 시작될 수도 있다.

4부　교육만 남고 껍데기는 가라!　　185

변명의 여지가 없는 반교육적 결정이다.[32] 2008년 학교 추진이 강행될 때에도 많은 교사들이 크게 분노를 하였지만 2015, 2017년의 서울시교육청의 결정도 큰 충격이었다. 2015년의 2년 유예 결정, 2017년의 재지정 과정에서 전교조 서울지부장으로, 대외협력실장으로 문제점을 파악하고 알리는 데에 앞장을 섰던 터라 도저히 이 문제를 지나간 일로 넘길 수가 없다. 과정을 다시 한 번 생생하게 전달하기 위해 그 동안의 경과를 다시 정리하고, 진행과정에서 당시에 작성하였던 기자 회견문과 성명서를 그대로 싣는다.

---

32) 2017. 6. 28. 문화일보. 조희연 서울시교육감은 28일 오전 서울시교육청에서 기자회견을 열고 서울외고와 장훈고 · 경문고 · 세화여고 등 4개 자사고 및 외고와 특성화중학교인 영훈국제중학교를 전부 재지정했다.
2017. 6. 29. sbs. 서울시교육청이 세화여고 등 자사고 세 곳과 서울 외고, 영훈 국제중학교를 모두 재지정했습니다. 재평가를 모두 통과해 일반고로 바뀌지 않고 자사고와 외고의 지위를 유지하게 된 겁니다. 서울시교육청이 그동안 자사고와 외고를 폐지해야 한다고 줄곧 주장해 왔던 것과는 다른 결과입니다. …
[조희연/서울시교육청 교육감 : 오늘부로 겪는 평가를 통한 자사고의 일반고로의 전환 경로는 타당하지도 현실적이지도 않다는 점을 선언적으로 밝히고자 합니다.]
[송인수/사교육걱정없는세상 공동대표 : 책임을 문제인 정부에게 떠넘기고 가신들은 소극적인 입장을 보이는 것을 보고 우리는 비통한 마음을 금할 길이 없습니다.]
전국 자사고 46곳 가운데 23곳이 모여 있는 서울의 이번 결정이 다른 지역의 자사고 폐지 문제에도 영향을 미칠 것으로 보입니다.

영훈국제중 경과보고

* 2008년 특성화중학교 설립 인가
* 2009년 영훈국제중 첫 입학생 입학
* 2013.1.22. 이재용 삼성전자부회장 아들 사회적 배려 대상자로 입학한 사실 알려짐[33]
* 2013.3.8. 서울시교육청, 영훈국제중 감사 착수
* 2013.5.20. 시교육청 감사 결과 발표－교감, 이학관리부장, 교무부장 등 11명 검찰에 고발
  검찰－영훈중 입시비리 합동수사팀 편성해 수사 착수
* 2013.5.29. 이재용 부회장 아들 자퇴의사 통보
* 2013.6.16. 영훈중 교감 교내서 목매 숨진 채 발견
* 2013.7.2. 법원, 김하주 이사장 구속영장 발부
* 2013년 7월 16일, 시교육청, 영훈중 이사진 전원 교체 결정
* 2013년 9월 23일 영훈학원의 김하주 전 이사장을 포함한 이사 전원이 이사 승인 취소됨.
* 2013년 11월 임시이사 7명 선임, 이사장 한준상 연세대 명예교수
* 2014년 8월 28일 대법원, 김하주 징역 3년 추징금 1억원(전 교감 정모씨 벌금 1천만 원) 선고
* 2014년 11월 9일 허종렬 서울교대 교수 이사장 취임
* 2014년 12월 9일 한국경제신문, 이사장에 허종렬 서울교대 교수

---

33) 서울신문 2015. 12. 31. 영훈국제중 사건일지 등 언론보도를 종합한 자료임.

임명, 2013년 11월 임시이사진 선임 후 1년간 학교법인의 정상화 이행 내역을 점검한 뒤 입시 비리 관계자 9명을 징계하고 재정상 처분 금액 23억 원 중 9억2000만 원을 회수하고, 김하주 전 이사장의 개인 횡령액 5억 원을 전액 환수했다고 보도

*2015.5.7. 시교육청, 영훈중의 국제중 지정 취소 2년 유예

* 2015년 10월, 사학분쟁조정위와 서울시교육청, 영훈학원 경영의 향자 공모

* 2015년 11월 8일, 김하주 영훈학원 전 이사장과 김은호 오륜교회 담임목사 간에 100억 원 뒷돈 거래 의혹이 일고 있는 "학교법인 영훈학원 양수도계약서"와 27억 원의 "금전대차약정서" 작성

* 2015년 11월 19일 영훈학원과 오륜교회, 경영권 인수 관련 정식 계약서('영훈학원 정상화에 관한 합의사항') 체결

* 2015년 11월 19일 당일 서울시교육청, '영훈학원 정상화 원칙'을 발표해 "법인 및 학교의 정상적 운영의 안착화를 위해서는 정상화에 대한 신중한 검토 및 사회적 합의가 필요하므로 현 시점에서의 정상화는 시기 상조라는 판단과 우려를 표명"한다며 "임시이사의 임기 연장을 사분위에 요구할 계획"이라고 밝혀, 사실상 ○○교회 매각으로는 학교 정상화가 어렵다고 판단한다는 입장 표명.

* 2015.11.20. 서울교육단체협의회, '영훈학원의 정상화는 국제중을 포기하고, 지역 주민의 학교로 거듭나는 것이다!' 성명서 발표

* 2015년 11월 23일 사학분쟁조정위, 오륜교회에 약속 이행을 위한 공증을 받아 오라며 한 달간의 유예를 줌.

* 2015년 11월 28일 임시이사 임기 만료

* 2015년 12월 3일 한겨레신문, 영훈국제중 인수할 교회 '100억 뒷 돈' 의혹 보도

* 2015.12.15. 뉴스앤조이, 오륜교회, 영훈학원 인수에 뒷돈 '100억 원+α' 의혹 보도

교회가 김하주 이사장의 부인을 교회 직원으로 취직시키는 형태로 월 800만 원씩 10년간 지불하기로 합의했다는 사실도 보도

*2015.12.27. 시교육청, 영훈학원 임시이사 임기 연장 2차 요구

* 2015년 12월 28일 사학분쟁조정위, 오륜교회를 영훈국제중 최종 인수자로 결정

서울시교육청은 특권과 반칙의 학교, 영훈국제중을 승인 취소하고
임시이사를 즉각 파견해야 한다.

특권과 반칙이 교육이 될 수는 없다

서울교육청의 감사 결과, 영훈과 대원국제중의 비리가 속속 밝혀짐
에 따라 이 두 학교는 특권과 반칙이 지배하는, 더 이상 학교로 불
릴 수 없는 학교의 탈이 무색한 '학교'임이 온 천하에 드러났다. 삼성
전자 이재용 사장의 자녀가 사배자 전형으로 입학했고, 입학 성적을
조작하여 학생들을 입학시켰다. 특권 귀족 학교가 될 수밖에 없다는
비판에 임기응변하여 만든 사배자 전형은 사배자 학생 왕따, 견디지
못하고 떠난 자리에 뒷돈 편입생 받기로 전락해 있었다. 이사장은
학생들에게 써야 할 학교 교비를 개인의 이득을 위해 써 버리고 인
사권을 마음 내키는 대로 휘두르는 제왕으로 군림하고 있었다. 이런
학교가 여전히 글로벌 인재를 양성한다는 미명 하에 버젓이 학생들
을 교실에 앉혀 놓고 '교육'을 하고 있다! 이러한 특권과 반칙이 어떻
게 교육이 될 수 있는가?

국제중은 초등교육까지 입시에 내몰고 있다

대통령이 중학교 자유학기제를 매우 획기적인 교육정책으로 평가
했다는 보도가 있으나, 학생들이 자신의 소질과 적성을 찾기는커녕

오로지 입시 경쟁교육에 내몰리고 있는 현실을 제대로 인식하지 못하고 있는 매우 안일한 상황 인식이 아닐 수 없다. 정녕 조금이라도 학생들이 성적에 구애받지 않고 소질과 적성을 찾아갈 수 있도록 하려 한다면 입시 경쟁교육의 폐단을 바로잡으려 해야 하는 것 아닌가? 오늘 한국 교육의 뼛속 깊은 병폐가 입시 경쟁교육이라는 것은 삼척동자도 다 아는 일인데 손바닥으로 해를 가리는 처사가 아닐 수 없다.

하물며 의무 교육단계이자 국민공통 교육과정인 중학교를 서열화하고 초등 학생들을 입시경쟁에 내모는 국제중 같은 제도를 두고서 자유학기제 운운한다는 게 가당키나 한가?

그동안 영훈, 대원 두 국제중은 550여개의 서울초등학교를 국제중 입시경쟁으로 한 줄 세우기에 전혀 부족함이 없었다. 단 두 개의 학교라고 그 폐해를 과소평가해서는 안 된다. 두 학교가 특목고로 가는 특급열차임이 분명하게 드러났는데 이 두 학교를 들어가기 위한 입시경쟁이 얼마나 과열될 것인가는 불을 보듯 뻔한 이치 아닌가?

이러함에도 특권과 반칙의 두 국제중을 두고서 자유학기제 운운하는 것은 정말로 코미디도 최상의 코미디가 아닐 수 없다.

문용린교육감은 영훈, 대원 국제중 승인 취소하라

문용린 교육감은 국제중 문제를 사회적 배려 대상자의 문제로만 국한하여 사배자 전형을 개선하겠다하면서, '국제중의 설립 취지는 나쁘지 않다. 2개 정도 유지 하는 것은 괜찮다'라는 입장을 밝혔다. 그러나 서울교육단체의 지속적인 문제제기와 국민여론이 심상치 않자

문용린 교육감은 5월 27일 CBS 라디오 방송에서 '국제중, 검찰 수사 후 인가 취소할 수도 있다', '자사고도 스스로 취소하겠다고 하면 아주 쉽게 받아줄 수 있다'는 말을 하였다. 최근에는 교육부도 두 국제중의 승인 취소를 검토하겠다고 한다.

국제중을 인가 취소할 수 있는 권한은 교육감에게 있다. 문용린 교육감은 검찰 수사 운운하며 책임을 회피해서는 안 된다. 더 얼마나, 무엇이 부족한가? 문용린 교육감은 두 학교에 임시이사를 파견하고 국제중 승인을 취소해야 한다. 교육청 감사 이후 보여 준 감사결과 미공개 등 미온적인 태도를 계속한다면 서울 학부모들의 거센 저항에 직면하게 될 것이다.

검찰은 국제중 비리를 철저히 조사하라

영훈중 수사를 맡은 북부지검과 대원중 수사를 맡은 동부지검은 제대로 근본적인 수사를 해야 한다. 이미 1~2년 전에 학부모들이 서울시교육청에 국제중에 대하여 민원을 제기하였고, 서울시교육청은 봐주기 감사를 하였다. 이번에 검찰은 이에 대해서까지 철저히 수사를 해야 할 것이다.

학부모들의 주장은 간단하다. 국제중이 입학부터 졸업과 고입까지 돈장사를 했다는 것이다. 국제중 입학 때부터 영어 캠프를 빙자하여 학생들을 골라 내고 돈을 받고, 중간에 편입학으로 돈을 받고, 과학고, 외국어고, 자립형사립고 원서를 써 주면서 돈을 받는 돈 장사가 공공연히 이루어졌다는 것이다. 우리는 이 과정에서 교육관료들과 학교 관계자들의 유착 의혹을 떨칠 수가 없다. 영훈중에 시교육청 퇴직자가 교장, 행정실장으로 영입된 것만 보아도 능히 짐작할 수 있는 것 아닌가? 검찰은 이에 대하여 꼬리 자르기식 수사를 해서는 안 된다. 2세 교육을 농락한 데 대한 철저하고 엄정한 수사로 뒤늦게나마 사필귀정을 보여 주어야 할 것이다. 더불어 우리 교육시민단체는 검찰의 엄정한 수사를 위하여 각종 제보와 추가 고발을 계속할 것임을 밝힌다.

성북, 강북 학부모들의 교육권을 보장하라

당시 지역주민들 중 일부는 국제중이 들어오면 주변 상권이 활발해지고 땅값이 올라갈 거라며 국제중 전환을 찬성했다. 하지만 지금까지도 상권 활성화나 땅값은 오르지 않았고, 오히려 주변 아이들과 학부모만 피해를 보고 있다. 평범한 서민의 자녀 수천 명은 바로 코앞에 중학교를 두고 버스를 타고 다른 동네 학교를 다니고 있는 것이다. 그러다 보니 그 인근 중학교에서는 한 학급에 40명이 넘는 아이들로 교실이 좁아터진다고 아우성이다. 결과적으로 특권층 귀족 자녀들의 행복한 교육을 위해 수천 명의 서민 자녀와 학부모가 대신 고통을 껴안은 꼴이 되고 말았다. 이제라도 영훈중을 일반중학교로 환원하여 주민들의 교육권을 보장해야 한다.

2013년 6월 10일

강북·성북 영훈국제중 공동대책위
서울교육단체협의회, 교육운동연대, 교육혁명공동행동

성명서

서울시교육청은 초등학생들마저 입시경쟁으로 내모는 영훈국제중에 대한 특성화중학교 지정을 취소해야 한다!

서울시교육청은 지금 영훈국제중에 대한 재지정 여부를 판단하기 위한 평가를 진행하고 있다.

2008년 특성화중학교라는 명목으로 영훈국제중을 설립하던 당시 전교조, 참교육학부모회를 비롯한 교육 주체들은 부자들의 신분세습 사다리를 만들어 주는 '특목중'을 설립하는 것에 강하게 반대한 바 있다. 과학고, 외국어고 등 '특목고'가 과학 영재 교육이나 국제화 시대의 인재 육성'을 내세우지만 '대학입시 명문고'에 불과하다는 사실을 모르는 사람이 없는 마당에 의무 교육과정에까지 입시 귀족학교를 허용해 주는 것은 천만부당하다는 점을 지적한 것이었다.

초등학생들까지 입시 경쟁교육에 내모는 '특목중'의 폐해는 너무도 심각하여 '특목고'에 비교할 바가 아니다. 보수 기득권 세력은 막대한 사교육비와 학비를 부담해야만 다닐 수 있는 자사고와 특목고 등을 만들어 사회 양극화를 공교육에까지 제도화하고 관철해 내었다. 보수 기득권 세력의 탐욕은 '사립초등학교'에서 '자사고, 특목고', '명문대학교'로 이어져야 하는 신분 세습 통로에서 빠진 부분, '특목중'을 만들고야 말았던 것이다.

영훈중은 분기별 학비가 180만 원 정도이고, 교재비를 포함하는 1년 학비가 1,500만 원 정도나 든다고 한다. 여론을 의식하여 내신성적으로 치르던 입시를 추첨으로 전환하였지만 입학 후를 대비하는 사교육은 더욱 기승을 부리고 있다. 들어가서 영어로 진행하는 수업을 받으려면 영어 회화를 공부를 해야 하고, 어려운 국영수 수업을 따라 가려면 미리 선행학습 맞춤식 학원을 다녀야 한다. 부자 학부모 둔, 부자 부모를 둔 학생들만을 위한 공교육은 사회 정의에 어긋날 뿐만 아니라, 소질과 적성도 알아보지 않고 입시사관 학교를 준비시키는 것은 정상적인 교육도 아니다.

우리 공교육은 지금 '무한 대학 입시경쟁'의 중병을 앓고 있다. 그야말로 부모의 사교육비 부담능력에 따라 명문대 합격이 결정되는 불공정 경쟁이 어엿하게 예사로 자리 잡았다. '교육'의 이름으로 '정의'를 폐기하고 있다. 이러한 '정의 없는 대입 경쟁'은 공교육제도의 의의마저 의심하지 않을 수 없게 만들고 있다. '공교육'은 이미 그 존립 기반에서 '사교육'화 되었다. 학교는 학원과 다를 바가 없게 되었다. 경쟁만 있고 교육은 없는 우리 사회의 교육은 '민주 시민교육'도 '경쟁력 있는 창의적 인재 육성'도 해내지 못할 지경에 이르렀다.

이러한 입시경쟁 교육이 초등학교까지 지배하는 폐단을 어찌할 것인가? 학생들에게 다양한 학습 체험을 하도록 하면서 스스로의 재능과 소질을 찾아 갈 기회를 주어야 할 시기에 입시경쟁에 쫓기도록 만드는 것은 차라리 교육이 아니라 '학대'라고 해야 할 것이다. 보수 정권의 교육부마저도 중학교 1학년에 자유학기제를 실시하여 입시로부터 해방시켜 자유롭게 소질과 적성을 개발하도록 하자고 하는 마당이다. '특목중' 영훈국제중이 지정 취소되어야만 하는 이유는 너무도 자명하다. 더욱이 특성화중학교 설립자 김하주 이사장의 구속 수감. 2015년 경영권을 인수한 오륜교회의 100억 원이 넘는 뒷돈 거래 의혹이 이어지고 있으니 더 말할 필요가 없다.

'특성화중학교'를 제도화한 것 자체가 기만적인 주장에 바탕을 둔 것임이 분명해진 터에 영훈국제중을 재지정하는 데에 그 학교 교사, 학부모, 학생들에게 만족도를 물어 결정한다는 것은 한마디로 넌센스가 아닐 수 없다. 설립 이후 수많은 입시, 회계, 학사 운영상의 문제점들이 교육청의 감사 결과로 드러나고 사회 문제화된 바 있음에도 그 해결이 제대로 이루어 졌는지조차도 제대로 살펴보고 반영하지 않는다는 것은 재지정의 의도가 있는 것은 아닌지 의문을 갖게 한다. 서울시교육청이 2013년에 영훈국제중을 감사하고 행정 조치한 것은 차치하고 사법 당국에 고발한 것만 해도 파면, 해임 등 중징계에 해당하는 신분상 고발이 11건, 재정 문제 등 행정상 고발이 8건에 이르렀고 회수, 보전 등 학교 회계의 비정상적 운영으로 인한 재정상 조치의 총액은 23억 원을 넘는다. 서울시교육청은 스스로 지적하고 고발한 이러한 문제점들이 제대로 시정되었는지 조차도 살펴보지 않는 재평가를 하려고 하는가?

우리 서울교육단체협의회는 그동안 조희연 교육감이 2015년에 이토록 문제가 많은 영훈국제중을 지정평가하면서 2년간 재지정 여부를 유예한 것에 대해 통렬히 지적한바 있다. 또한 '자립형 사립고'에 대해 재지정 여부를 평가하면서 단 한 곳도 지정 취소하지 않고 유야무야 넘어간 것을 생생히 기억하고 있다. 이제야말로 잘못을 반복하지 말기 바란다.

최근 촛불 시민 혁명의 흐름 속에서 조교육감은 특목고 폐지, 대학

입시 개혁 등 교육개혁을 주장하고 있는 바, 이번 영훈국제중 재지정에 더 이상 눈치 보기 행정을 멈추고 확실한 의지를 보여야 한다. 조희연 서울시교육감은 좌고우면할 필요 없이 서울교육의 정상화를 위해 영훈국제중에 대한 특성화중학교 지정을 취소해야 한다.

2017.4.28. (금)

서울교육단체협의회

일반고 살리기와 자사고, 외국어고의 일반고 전환

　헌법은 모든 국민의 평등권과 균등하게 교육을 받을 권리를 보장하고 있다.[34] 그러므로 교육에서 특정한 계층의 사람들만이 특권을 누려서는 안 될 것이다. 고교 체제에서 과학고, 외고, 자사고 등이 특권학교로서 바로 '평등권과 균등하게 교육을 받을 권리'를 침해하고 있고 대부분의 학생들을 가르치고 있는 일반고를 위기에 빠뜨리고 있다. 교육을 정상화하기 위해서는 이러한 특권 학교들을 시급히 일반고로 전환하여야 한다. 과학고, 외고, 자사고는 균

---

[34] 헌법 제11조 ①모든 국민은 법 앞에 평등하다. 누구든지 성별·종교 또는 사회적 신분에 의하여 정치적·경제적·사회적·문화적 생활의 모든 영역에 있어서 차별을 받지 아니한다. ②사회적 특수계급의 제도는 인정되지 아니하며, 어떠한 형태로도 이를 창설할 수 없다.
제31조 ①모든 국민은 능력에 따라 균등하게 교육을 받을 권리를 가진다.

등하게 교육받을 권리를 침해하는 것은 물론 교육학의 빛에 비추어 보아도 바람직하지 않다.

1974년에 교육의 불평등을 해결하기 위해 고교 평준화가 이루어졌으나 그것은 선발 시험을 폐지하고 추첨제로 입학전형을 바꾸는 것에 그쳤다. 극심한 대학입시 경쟁은 그대로 남아 있었으므로 사교육 경쟁이나 강남 8학군으로의 이주 등 경제력에 의한 교육 불평등은 확대되었다. 모든 학생들에게 평등한 교육을 제공하기 위해서는 공교육을 국가 재정이 허락하는 한 최선을 다하여 훌륭하게 가꾸고 교육복지를 확대하는 정책적 노력을 꾸준히 기울여야 한다. 우리 교육은 공교육을 저렴한 퍼블릭 코스로 하고 능력이 닿는 사람들은 비싼 제품을 소비할 수 있도록 만들어 놓은 형상이다. 다수 학생들이 다니는 일반고의 슬럼화와 엄청난 학비를 부담할 수 있는 부유층 자제들만 다닐 수 있는 특권학교가 그것이다.

1992년에 외고가 시작되고 2001년 자립형사립고, 2010년 자율형사립고가 도입되면서 명목으로나마 유지되던 고교 평준화는 완전히 무너져 서열화되고 말았다. 이제 고등학교는 과학고[35] · 외고 – 자사고 · 마이스터고 – 특성화고 – 일반고로 철저하게 서열화

---

35) 과학고등학교는 국가에서 우수한 인재를 양성할 목적으로 설립된 특수목적 고등학교로, 혈평 과학고라고 칭한다. 교육부는 1983년 경기도 수원시 소재 경기과학고등학교를 시작으로 1984년부터 대전 · 광주 · 전주에 각각 과학고등학교를 설립하였고, 각 광역시 및 도별로 과학고등학교를 확대하여 설립하였다. 1991년에 개교한 부산과학고등학교는 2002년 과학영재학교로 전환되었고, 2005년 7월 12일 한국영재학교로 교명이 변경되었다. 서울과학고등학교와 경기과학고등학교는 각각 2009년과 2010년부터 과학영재학교로 전환되었다. 데이터 2015년 현재 전국 20개교, 서울 2개교가 있다.

되어 있다.

외고는 2016년 현재 서울 6개 교, 경기 8개 교 등 전국에 31개 교가 있다. 자율형 사립고[36]는 2010년에 이명박 정부가 다양한 교육수요를 수용하겠다며 도입한 학교 모델로 기존의 자립형 사립고[37]보다 학교의 자율성을 더 확대·발전시킨 것으로 전국 49개교, 서울 25개 교이다.

과학고는 고교 서열의 맨 상위에 입시명문고로 자리하고 있기는 하지만 과학기술 인재 양성의 필요성에 대한 공감대가 있어 그 존재 의의를 인정하는 사람들도 있다. 그러나 외국어에 능숙한 인재를 양성한다는 설립 목적 아래 만들어진 외고는 '명문대학 진학을 위한 부유한 계층의 자제가 수학하는 귀족학교', 즉 '상위 1% 특권

36) 초중등교육법 시행령 제91조 제3항(자율형 사립고)에 의거해 설립된 자사고는 학생의 학교선택권을 다양화하기 위해 고교 정부 규정을 벗어난 교육과정, 교원 인사, 학생 선발 등 학사 운영의 자율성을 최대한 보장한다. 자사고는 정부 지원 없이 등록금과 재단 전입금으로 운영되며, 등록금은 일반고의 3배 수준까지 받을 수 있다. 자사고의 지정은 교육부 장관과 협의해 교육감이 결정한다. 자사고는 2014년 현재 전국 49곳에서 운영되고 있으며, 5년 단위로 평가해 재지정이나 취소 여부를 결정하게 돼 현재 25곳에 대한 평가가 진행되고 있다. 지난 2014년 6월 4일 실시된 전국동시지방선거 결과 전국 17개 시·도 가운데 13곳에서 진보교육감이 당선됐다. 진보 성향의 교육감들이 공통적으로 내놓은 공약이 자사고 폐지여서, 향후 그 폐지 여부가 주목되고 있다. (네이버)
37) 고등학교 평준화의 문제점을 개선하기 위해 2001년에 도입되어 시범 운영되었다. 2001년 9월 각 시·도교육청이 자립형사립고등학교를 희망하는 학교의 신청을 받았으며, 자체 심사를 거쳐 교육부에 추천하였으며, 교육부는 선정심사위원회의 심사를 거쳤다. 시범 운영 대상학교는 건학이념이 분명하고 재정결함 보조를 받지 않으며, 특성화 프로그램을 운영하는 학교가 우선대상이었다. IT 등 특정 분야 인재를 육성하는 학교나 법인전입금 비율이 높은 학교는 가산점이 부여되고 학교 또는 재단 비리에 연루된 학교는 제외되었다. 그 결과 민족사관고등학교, 광양제철고등학교, 포항제철고등학교, 해운대고등학교, 현대청운고등학교, 상산고등학교, 2010년 개교란 하나고등학교가 자립형사립고등학교로 운영되었다. (네이버)

층의 학교'로 인식되고 있다. 그도 그럴 것이 외고 졸업생의 30% 정도만이 어문계열로 진학을 하고, 다수는 인문사회 계열로, 10% 정도의 학생은 이공계로 진학을 하고 있기 때문이다. 외고는 연간 학비가 1천만 원을 넘어 서민들은 보낼 수 없는 학교이다. 부유층을 위한 특권학교라는 비판을 의식해 가난한 학생들을 사회 통합 전형이라는 명목으로 20% 이상 의무 선발하도록 하고 있으나 그렇게 입학한 학생들이 제대로 적응을 못하는 경우가 많다. 그 자체가 외고에 어떤 계층의 학생들이 입학하고 있는지를 방증하는 자료라고 하겠다. 외고의 학생 수는 2만 명 정도로 전체 고교학생 가운데 1%를 조금 넘는 숫자이자 상위 5개 명문대 입학 정원과 비슷한 숫자이기도 하다.

자율형 사립고는 일반고의 최대 3배에 이르는 등록금을 받을 수 있다. 전국에 100개 학교를 지정하고자 하였으나 절반인 49개 교만 지정할 수 있었고 그 절반이 서울에 있게 된 것은 그만한 학비를 내고 자녀를 입학시킬 수 있는 계층에 속하는 학부모가 적기 때문이다. 부유층 가운데 다수는 비싼 사교육의 도움을 받아 이미 자녀들을 과학고, 외고로 진학시킨 터이다. 서울의 경우 자사고 신청을 독려하기 위해 내신 성적 50% 이내라는 지원 기준을 만들어 준 특목고라는 특권의식을 갖게 만들었다. 자사고들은 사회 통합전형을 이용하여 이미 일반고에서 성적우수 학생들을 빼가고, 부적응 학생들을 일반고로 전출시켜 많은 부작용을 낳고 있다.

외고와 자사고는 '외국어에 능숙한 인재 육성'이니, '건학 이념에 맞는 인재 육성'을 내세우고 있으나 교육과정 운영의 자율성을 활용하여 명문대 입시 준비 학교로 운영되고 있다. 부모의 경제력이 없으면 갈 수 없는 입시명문 고등학교를 통해 소수의 가진 자들이 그들의 사회적 지위를 안정적으로 대물림한다면 새로운 신분제라는 비판을 면하기 어렵다.

자유민주주의 자본주의 사회는 능력과 노력에 의해 사람들 사이에 사회 경제적 격차가 발생하는 것을 인정하고 그것이 사회에 활력을 주고 사회의 발전에도 도움이 된다고 주장한다. 우리 사회는 대학입시든, 회사 공채든, 공무원 채용이든 모든 사람들에게 문호를 개방하여 공정한 시험으로 선발함으로써 능력과 노력에 대해 보상을 한다. 사회 경제적 격차는 과정의 공정성, 기회의 평등으로 정당화된다. 그러나 본인의 능력이나 노력과는 상관없는 요인에 의해 사회 경제적 지위가 결정된다면, 타고난 계층에 의해 사회 경제적 지위와 보상이 결정된다면 큰 문제가 아닐 수 없다. 부유한 계층이 막대한 사교육비를 쓰는 것도 불공정한 경쟁인데 공교육마저도 많은 학비를 내야만 다닐 수 있는 그들만의 리그를 향유하게 만들어 준다면 보통 큰 문제가 아닐 수 없다. 능력과 노력이 아닌 부모의 경제력이라는 패널티, 특권학교는 마치 100m 달리기 경주를 하면서 일부 선수에게 10m나 20m 앞에서 출발하도록 하는 것과 같기 때문이다.

과학고, 자사고, 외고 등 특권학교는 불평등하고 특권이기 때문에 문제이기도 하지만 교육학의 빛에 비추어 볼 때도 바람직하지 않다. 학생들은 동질집단 속에서보다 이질집단 속에서 배울 때 훨씬 바람직한 교육효과를 거둔다.

'따라 배우기'에 관한 재미있는 이야기가 있다. 일본의 원숭이 집단에서 일어난 사례이다. 한 마리의 원숭이가 고구마를 바닷물에 씻어서 먹기 시작하였는데 다른 원숭이들도, 심지어는 멀리 떨어져 있는 무리의 개체들도 금방 그 행동의 장점을 따라 배우더라는 것이다.

경험이 많은 교사는 스키를 가르칠 때 기초를 지루하게 반복하여 가르치진 않는다고 한다. 어느 정도 기초를 가르치고선 가장 잘 타는 학생을 먼저 출발시키고 그 다음 잘 탈 것으로 기대되는 학생을 출발시킨다고 한다. 학생들은 자연스럽게 따라 내려가게 되어 큰 어려움 없이 스키를 배우게 된다고 한다.

지금 일반고에서는 이러한 교육효과를 거둘 수가 없다. 대부분의 성적 우수 학생이 특목고, 외고로 가고 중간 정도의 성적을 가진 학생들마저 특성화고로 빠져 나가고 하위권 성적의 학생들만 모이니 따라 배울 대상도, 그 학생만큼 잘해 보겠다고 삼을 만한 친구도 없는 상황이 되어 침체 분위기를 벗어나기 힘들다.

이질 집단의 기준은 성적만이 아니다. 부모의 사회 경제적 배경이 서로 다른 학생들, 가지고 있는 소질과 재능이 서로 다는 학생들을 가리키는 용어이다. 어려움을 모르는 부유한 계층의 학생들은 초·중·고를 다니면서 친구들을 통해 사회 경제적으로 어려운 계층에 속하는 친구들을 통해 간접 경험을 하게 되어 사회의 리더가 되었을 때 제대로 이끌어 갈 수가 있다고 한다. 지금처럼 학창 시절을 동질 집단 속에서만 보낸 학생들이 나중에 검사, 판사가 되어 균형 있는 판단을 내릴 수 있을지 걱정이 되는 것은 기우일까? 이대로 특권학교 체제가 계속된다면 20~30년 후에 우리 사회의 모든 분야에서 부유층 출신들이 리더가 될 가능성이 높은데 그들이 과연 사회 경제적으로 어려운 다수의 사람들을 제대로 포용할 수 있을지 걱정을 하는 것은 지나친 기우일까? 공교육의 역사가 오랜 서구 사회에서 학교를 이질 집단으로 구성하는 것은 바람직한 교육 효과를 위해서나, 사회의 통합을 위해서 반드시 필요한 일이라고 생각하기 때문이다.

특권학교는 시작부터 저항이 있었고, 교육적으로도 바람직하지 않다는 논의가 확산되었다. 이명박 정부는 고교 다양화 정책으로 도입한 자사고가 심각한 문제를 일으키자 2009년 자사고, 외고 등에 대한 재지정 평가 제도를 도입하였다. 2013년 박근혜 정부는 일반고 살리기를 내세웠고 자사고, 외고, 국제중고에 대해 엄격한 운영 방안과 재지정 평가 방안을 제출하였다. 5년마다 실시하는 재지정평가와 함께 입시비리, 회계 부정, 교육과정 비정상 운영 등의 경우에 교육감이 지정을 취소할 수 있도록 하였다. 그러나 교육부는 2014년, 특권학교 폐지를 선거 공약으로 내걸었던 진보 교육감들이 다수 당선되고 특목고, 자사고 재지정을 위한 평가가 시작되자 노골적으로 특목고, 자사고 감싸기에 나섰다. 그 결과로 나온 것이 '외고, 국제고, 국제중 평가지표 표준안'과 '외고, 국제고,

자사고 입학전형 개선 방안'이다. 또 교육법 시행령을 개정하여 '교육감이 특목고를 취소하는 경우에는 교육부 장관과 협의하여야 한다'를 '교육부 장관의 동의를 받아야 한다'로 바꾸어 버렸다. 자사고 재지정 평가에 대해서는 2015년 3월 23일, '자율형사립고 평가 지표 표준안 및 2015년 운영성과 평가 안내'를 내려 보내 평가의 세부 항목과 배점까지 내려 보내고, 낙제점을 70점에서 60점을 낮추어 교육감의 권한을 제한하고 나섰다.

서울에서는 2013년 영훈국제중, 대원국제중에서 회계부정, 입시부정이 문제가 되고, 2014년 자사고 재지정 평가가 이루어졌다. 조희연 교육감은 2014년 10월에 평가 대상학교 14개 중 70점 이하 8개교 가운데 숭문고, 신일고 2개 학교는 2년 후 재지정 평가를 실시하고, 6개교는 자사고를 취소한다고 결정하였다. 교육부는 8개교에 대한 평가가 무효라는 공문을 보내 서울시교육청의 자사고 취소 결정은 법원의 판결에 맡겨지게 되었으나 판결이 날 때까지 6개교는 계속 자사고를 유지하게 되었다. 2015년에는 11개 자사고에 대해 평가를 진행하여 4개교에 대하여 지정 취소를 결정하였으나 미림여고가 자진하여 일반고로 전환하였고 나머지 3개교는 2년 유예 후에 재평가를 하기로 하였다. 그러나 자사고 폐지를 둘러싼 교육청 대 교육부의 대립은 박근혜 정부 시기가 아닌 문재인 정부가 시작된 2017년 6월 28일에 허망하게 막을 내렸다. 6개 외국어고, 25개 자사고를 폐지하여 고교 교육을 정상화하겠다던 공약은 교육감 권한으로는 불가능하다는 것을 깨달았다. 교육부가 제도를 정비해 달라고 요청하면서 서울외고, 영훈국제중과 경문고, 세화여고, 장훈고 등 3개 자사고를 모두 재지정한다고 발표해 버린 것이다.[38]

38) 2년 전 운영 성과 평가에서 낙제점을 받았던 서울의 자사고 3곳·외고 1곳·국제중 1곳이 28일 운영 성과 평가를 통과해 재지정됐다. '외고·자사고를 일반고로 전환하겠다.'는 공약을 내건 새 정부가 출범한 이후 서울에서 자사고·외고가 또다시 기위를 이어간 것이라 파장이 예상된다. 서울시교육청은 28일 가율형사립고인 경문고, 세화여고, 장훈고와 특수목격고인 서울외고, 특성화중인 영훈국제중의 운영 성과 평가를 공개하고 '지정취소 기준 점수인 60점보다 모두 높은 것으로 집계됐다'고 밝혔다. 이들 5곳 학교는 2년 전에 처러진 운영 성과 평가에서 미흡한 결과를 받았지만 지정이 최종 취소되지 않고 2년 간 유예됐다가 최근 다시 심사를 받은 학교들이다. 시교육청은 "2015년 당시 평가지표와 평가방식을 동일하게 적용해 행정의 합리성을 확보하는데 유의했다"며 "현재 초·중등교육 정상화를 위한 고교체계 개편과는 별개의 사안으로 진행했다"고 최근 불거진 '외고·자사고 폐지 논란'에는 선을 그었다. 서울시교육청은 시도교육감의 권한만으로 현 고교 체제의 문제를 해결하기 어려움을 강조했다. 조희연 교육감은 "외고, 자사고가 고교 서열화 현상을 고착화하고 교육격차를 심화시키고 있는 현실을 감안했을 때, 단순히 평가를 통해 미달된 학교만을 일반고로 전환하는 것은 근본적 고교체제의 문제를 해결하기에 한계가 명확하다"고 말했다. 이어 "현행법상 시도교육감 권한으로는 실체적인 체제 개편이 어렵고, 중앙정부가 주도하는 구체적 실행방안이 필요하다"며 정부에 공을 넘겼다. 서울시교육청은 5곳 학교들의 재지정 통과와 별개로 중앙정부 차원의 해법인 초중등교육법시행령 개정, 고입전형 개선방안 등을 제안했다.

교육시민단체 사교육걱정없는세상은 논평을 내고 "이번 재평가 결과는 2년 전 심각한 부실함이 일부 나아졌다는 의미로 현재 논의되고 있는 외고·자사고의 일반고 전환과는 별개로 해석해야 한다"며 "서울시교육청은 2년 전과 같은 항목과 기본검수, 거트라인으로 재평가를 진행해 이미 달라질 수 없는 평가를 진행했다"고 분석했다. 하지만 '자율형사립고 개혁'을 공약으로 2014년 당선된 조희연 서울시교육감이 취임 후 3년 간 표명해온 정책의 입장과 다른 행보라는 비판도 나온다. 전국교직원노동조합 서울지부는 '말잔치로 끝난 서울시교육청의 일반고 전성시대'라는 성명서를 내고 "재지정 여부를 둘러싸고 높은 관심을 끌었던 서울지역의 특권학교 모두에게 면죄부를 준 것"이라고 비판했다. 과거 박근혜 정부가 가율형사립고 등의 학교 유형을 유지시키기 위해 재지정 평가기준을 완화한 것은 문제지만, 서울시교육청이 스스로 재지정 평가기준을 엄격히 적용해 과감히 재지정 취소를 했어야 한다는 주장이다. 전교조 서울지부는 "이럴 바에야 지난 선거 때 '일반고 전성시대' 공약을 왜 내걸었으며, 불과 며칠 전 '특목고 폐지' 입장을 무엇 하러 밝혔는가 묻고 싶다"며 "권한의 한계를 평계로 면죄부를 줬다"고 지적했다. 한겨레 2017. 6. 28 김미향 기자 aroma@hani.co.kr

서울시교육청의 6·28 발표는 교육부의 도를 넘는 교육감 권한 침해를 고스란히 정당한 것으로 인정해 준 꼴이고,[39] 2014년 8개교 지정 취소에 대해 교육부가 무효라고 공문을 보낸 데 대해 법원에 소를 제기한 취지를 스스로 부정해 버린 것이다. 서울 시민의 직접 선거로 선출된, 교육 자치를 수호할 책무를 진 교육감이 스스로를 행정가라고 끌어내리면서 기득권의 저항에 백기를 든 꼴이다. 무엇보다도 교육의 마당에서는 모든 판단과 결정의 준거가 오로지 '그것이 교육적인가, 교육적이지 않은가?'에 따라야만 한다는 점에서 너무도 아쉽다. 마땅히 3개 자사고, 서울외고, 영훈국제중을 지정 취소하고, 법원에 제기하였던 2014년 8개 자사고 지정 취소에 대해서도 다시 한 번 공교육의 정상화라는 관점에서 제대로 판결을 해 줄 것을 호소했어야 한다.

민선의 서울 교육감이 민의를 대변하기를 포기하고, 공교육의 가치를 지키기 위해 싸우기를 포기하면서 문재인 정부의 교육부가 외고, 자사고 등 특권학교 폐지에 대해 자신감을 잃게 만든 것은 아닌지 우려가 크다.[40] 이제 이 문제는 다가오는 2018년 교육감 선거에서 다시 한 번 선거 쟁점이 되어야 한다. 진보교육감 후보를

39) 자사고 지정을 취소하는 경우, 교육부 권한과 '협의'를 '동의'로 시행령을 바꾼 것이나 '평가 표준화'를 멋대로 작성하여 내려 보낸 것들은 교육 자치를 짓밟은 것으로 보아야 할 것이다.
40) 조희연 교육감은 중앙 정부에 시행령 개정 등 조치를 요구하였으나 사실 특권 학교 문제는 어쩌면 가장 심각하고 특히나 자사고는 49개교 가운데 25개교가 있어 서울의 문제이기 때문이다.

자처하면서 부담이 간다고 선거 공약으로도 내걸지 못하는 것은 아닌지 걱정이다.

　보수 언론은 마치 특권학교와 일반고 살리기가 아무 상관도 없는 문제인 것처럼 딴 청을 부리는 것인지, 잘 몰라서 그러는 것인지 답답한 이야기를 하는데 '일반고 살리기=고교 교육 정상화'는 특권학교 폐지 없이는 절대로 불가능하다. 물론 특권학교만 폐지하면 모든 문제가 저절로 해결된다는 것은 아니다. 학교의 서열화, 학생들의 서열화 자체가 공교육의 정상화를 위해 사라져야 할 것이다. 서열화는 획일적인 잣대를 요구하고 잣대는 교육을 한갓 점수 따기로 왜소화 한다. 무엇이 될지, 어떤 예측하지 못한 놀라운 잠재력을 보여 줄지 모르는 교육과 학생들의 가능성에 줄을 매다는 일은 이제 끝내야 한다.

사립학교의
민주화가
절실하다

장면1)

2012년에 서울의 D 특성화고의 용기 있는 한 교사가 재단비리에 대해 교육청에 민원을 제기하면서 시작된 재단과 공익제보 교사, 그리고 그 교사를 지지하는 교원노조와 시민단체 사이의 기나긴 싸움이 시작되었다. 학교는 교사를 학교의 명예를 실추시켰다는 이유로 직위해제하고, 징계위에 회부하였다. 교원소청 심사에서 징계가 무효라는 결정이 내려졌으나 다시 별별 꼬투리를 잡아서 또 징계위에 회부하는 일이 몇 년 간 계속되었다. 교육청의 특별 감사 결과 학교 재정을 횡령하고 학교 시설공사 등 과정에서 금품을 수수하여 징역형을 선고 받은 행정실장에 대해 교육청에서 인건비 지급을 중단하라는 지시를 받고서도 계속 직을 유지시키고

2015년 4월 6일 C고 급식비리 사건을 규탄하는 학교 앞 기자회견을 마치고 급식비 미납학생들을 친구들이 보는 앞에서 가로막고 식사를 하지 못하도록 한 것에 항의 방문하여 "교육적으로 올바른 것인지?"를 물었다.

학교 회계에서 급여를 지급하여 학생들의 교육을 위해 사용되어야 할 교육비를 불법 전용하였다.

　결국 교육감의 감독권을 따르지 않아 이사 승인을 취소하고 임시이사를 선임하여 학교 정상화를 추진하도록 하는 조치가 내려졌다. 학교가 정상화 되리라는 희망을 갖게 되었으나 그 기간은 오래 가지 못했다. 구 이사진이 법원에 신청한 이사승인 취소를 효력 정지시켜 달라는 가처분 소송에서 승소하여 다시 이사진으로 복귀하였기 때문이다.

장면2)

2015년 서울의 H 자사고에서 교사가 교장 직무대행이 학부모로부터 불법 금품을 수수한 것, 학교 폭력으로 징계를 받아야 하는 학생이 아버지가 권력층에 있는 것 때문인지 제대로 처벌을 받지 않은 것, 무엇보다도 학교 입시에서 성적을 조작하여 특정 학생들을 합격시킴으로써 부당하게 탈락하는 학생들이 발생한 것 등을 교육청에 제보하였는데 학교는 교사를 학교의 명예를 실추시켰다면서 징계하겠다고 협박하였다.

장면3)

2015년 서울의 C 고등학교에서 교감 선생님이 점심을 먹으러

가는 학생 가운데 급식비를 내지 않은 학생들을 식당에 들어가지 못하게 하는 일이 일어났다. 인권 침해라고 항의하러 간 교원노조, 시민단체 대표들이 "돈이 없어 급식비를 못낸 제자들을 공개적으로 망신을 주는 일이 교육입니까?"고 묻자 "그 학생들은 급식비는 내지 않으면서도 핸드폰은 갖고 다닌다. 그러면 안 된다고 가르치는 것도 교육이다."고 강변하여 취재하던 기자들을 놀라게 하였다.

장면4)

2017년 2월, 박근혜 대통령에 대한 탄핵 결정을 한 달여 앞둔 민감한 시기에 서울의 또 다른 D 특성화고 교장 선생님이 종업식에서 학생들을 세워 놓고 탄핵에 반대한다는 연설을 길게 하여 빈축을 샀다. 교육의 정치적 중립을 규정해 놓은 법률을 노골적으로 짓밟는 일이어서 교육시민단체들의 이에 항의하는 긴급 기자회견을 벌이기도 하였다. 이 학교는 2014년에 박근혜 정권이 강행한 식민지 근대화론을 내용으로 하는 극우 편향의 국사 교과서를 서울의 320여 개 고등학교 가운데 유일하게 채택하여 학부모와 학생들의 항의를 받기도 하였다.

장면5)

2017년 8월 서울의 S고의 선생님 한 분이 전교조 서울지부 사무실에 찾아와 최근 몇 년 사이에 재단이 학교 운영에 대해 바른 말을 하는 등 고분고분하지 않은 교사들에 대해 권고사직, 표적 징계 등으로 10여 명의 교사들을 해직시켰다고 상황을 설명하면서 교육청이 특별감사를 실시하도록 촉구해 줄 것을 요청하였다. 교육청의 감사 결과 교사들에 대한 부당한 징계 등이 사실로 드러나고, 학교 건물의 일부를 출판사 사무실로 사용하게 하는 등 비리 복마전으로 드러났다.

위의 장면들은 한국 사립학교들의 현 주소를 보여 주는 사례들이다. 모두 학교라고 부르기에는 너무도 민망한 사례들이다.

서울에는 320여 개교의 고등학교가 있는데 그 가운데 200개가 넘는 학교가 사립 고등학교들이다. 2/3 가까운 학생들이 사립 고등학교에서 학창 생활을 하고 있다. 우리 교육에서 사립학교가 얼마나 큰 비중을 갖고 있는지 알 수 있다.

이렇게 사립학교들이 많은 것은 해방 이후 학교를 세울 여력이 없는 정부가 재력이 있는 사람들이 학교를 세우는 것을 장려하였기 때문이다. 사학들의 뿌리를 살펴보면 민족운동의 전통을 가진 학교들과 종교 재단에서 세운 학교들, 해방이후 친일 전력이 있는 재력가들이 세운 학교들로 나누어 볼 수 있다. 토지개혁을 앞두고 지주들이 학교를 세우고 토지를 재단의 재산으로 귀속시키는 경우도 많았다. 친일 인사들은 막대한 재산을 들여 학교를 세웠다는 명분으로 교육자가 되었고 이를 바탕으로 정계에 진출하기도 하였다. 사립학교들은 장기간 이어진 독재 정권의 지배 이데올로기를 재생산하는 기능을 하는가 하면 집권 세력의 일부를 이루기도 하였다. 그 결과 시민사회의 발전과는 괴리를 보이는 민주주의 지체 현상이 다수의 사립학교들에서 나타나고 있다.

사립학교들은 '사립'이라고는 하지만 공립학교와 다름없는 공교육 기관이다. 학생들이 내는 수업료는 바로 교육청 회계로 모아지고 교사와 교직원의 급여는 물론 교육비까지 교육청에서 재정 지원을 받아 운영한다. 재단에 귀속된 건물이나 토지 등 수익용 재산에서 나오는 수입을 학교 예산에 넣도록 하고 있으나 이러한 재단 전입금을 내는 학교는 거의 없을 뿐만 아니라 그 비중이 극히 적은 경우가 대부분이다.

그러함에도 사립학교들은 교육청의 지도, 감독을 잘 받아들이지 않고 과다한 재량권을 누리고 있다. 공립학교의 교사, 교장이 공무원으로서 교육청의 관리, 감독을 받는 것과 다르기 때문이다. 회계 부정이나 교사와 학생에 대한 인권 침해가 일어나도 제대로 징계를 하지 않는 경우가 많은데, 교육청은 이에 대해 해당 사립학교 재단의 이사회에 징계를 요구하도록 되어 있어 사립학교들은 교육청의 관리, 감독을 크게 무서워하지 않는다. 장면1)의 D학교는 서울시의회 교육상임위 의원들이 진상 조사를 위해 학교를 방문했을 때 직원들을 정문에 배치하여 들어오지 못하게 막기까지 했고, 국회의 국정감사 자료 제출 요구도 거부하였다.

사립학교법 제21조에는 회계부정으로 임원 승인이 취소된 자로서 3년이 경과한 자, 교원으로서 파면이나 해임 등 징계를 받은 자로서 5년이 경과한 자, 교육청의 파면이나 해임 요구에 의해 학교 장의 직에서 해임되고 3년이 경과한 자는 재적 이사의 2/3 이상의 찬성을 얻어야 이사, 감사 등 임원으로 선임할 수 있다고 정해 놓고 있어 큰 부정을 저지른 재단의 인사들이 다시 학교 임원으로 복귀할 수 있도록 만들어 놓고 있다. 사립학교는 비영리 공익 법인이지만 설립자의 후손들이 재단을 물려받아 운영하고, 친인척들을 임원이나 교장, 행정실장으로 임용하여 운영하는 경우가 많다. 그러니 심각한 부정을 저지른 재단 이사들이나 그들의 친인척들이 기간이 차면 다시 제자리로 돌아가는 것은 당연한 이치이다.

촛불 시민혁명으로 우리는 가까스로, 퇴행하던 민주주의를 다시 회복시킬 수 있었다. 민주주의가 정치제도의 개혁에 그치고 문화 혁명으로, 생활 속으로 체화되지 않으면 얼마나 취약한지를 경험하였다. 지난한 민주화 투쟁으로 이룬 민주주의가 권토중래를 노린 '독재의 후예'들에 의해 와해되는 과정을 목도하면서 우리는 민주주의가 얼마나 소중한지, 멈추지 않는 민주주의의 발전이 얼마나 절실한지를 깨닫게 되었다.

'문화 혁명으로, 생활 속으로 심화되는 민주주의'를 위해 반드시 넘어서야 하는 고지가 바로 사립학교법의 민주적인 개정과 사립학교의 민주화이다. 학교에서 민주주의를 실천하고, 민주주의를 가르치고, 민주 시민을 길러 내야 민주주의를 지킬 수 있다.

비리를 저지르고 인권을 탄압하는 사학은 공립으로 전환하도록 해야 한다. 적어도 비리를 저지른 이사진은 다시는 학교에 발을 붙이지 못하도록 사립학교법을 개정해야 한다. 학교 발전기금이니 뭐니 하면서 아직도 교사 채용과정에서 금품을 요구한다든지, 친인척이나 연줄이 있는 사람을 임용한다든지 하는 문제를 해결해야 한다. 사학들이 공동으로 신임교사를 선발하고 교육청이 과정을 주관해야 한다. 학교의 운영은 교사회, 학부모회, 학생회, 동문회를 법제화하고 그들을 대표하는 사람들이 운영하도록 해야 하고 설립자는 명예로운 이름을 남기는 것으로 그쳐야 한다.

노무현 정권 시기였던 2005년 사립학교법 개정이 얼마나 큰 저항에 부딪혔었는지를 잘 기억하고 있다.[41] 영남대 이사장이기도

---

41) 당시 우여 곡절을 겪으면서 겨우 개정되었던 사립학교법은 개신교, 천주교가 중심이 된 반격을 견디지 못하고 재개정되고 만다. 그 와중에서 나왔던 주장 가운데 하나를 되돌아본다.

현재의 개정사학법은 2005년 12월 9일 국회를 통과했고 2006년 7월 1일부터 발효 중이다. 그러나 초기 사학법 개정 논의 당시부터 반대해온 기독교 사학들은 이 법이 부당하다며 헌법소원을 제기한 데 이어, 개방형 이사를 도입하기 위한 정관 개정을 거부하고 있다.

문제는, 법 시행 6개월이 되어가면서 이사회 이사들의 임기가 만료되는 경우가 많다는 데 있다. 개정사학법에 따르면 이사회의 1/4이상을 개방형 이사로 채워야 하기 때문에 기존 이사의 임기가 만료되면 새 이사는 일단 개방형 이사로 채워야 한다. 기독교 사학들은 이때 타종교인이나 무신론가 같이 사학 설립 이념과 관계없는 인사가 들어올 경우 내부 정보의 외부 유출은 물론 지엽적인 문제로 사사건건 트집을 잡아 학교 운영이 어려워질 것이라고 말하고 있다.

개정사학법에 따르면 또, 사립학교에 사소한 분쟁만 일어나도 교육당국이 재단의 임원 선임을 취소하고 임시이사를 보낼 수 있다. 그렇게 파견된 임시 이사에겐 종전 법에 있던 임기 제한이 없이 사실상 해당 학교를 접수하게 된다. 또, 이사장의 친인척 이사의 수를 과거 전체 이사의 1/3에서 1/4로 제한하고, 이사장 배우자와 직계존비속을 학교장으로 임명할 수 없도록 하고 있는데 사학들은 이것이 사유재산권 침해라는 입장이다. 개정 사학법은 또, 국/공립 총/학장 임기에는 별도 제한을 두지 않으면서 사립대 총/학장을 포함한 사립학교장에게 '4년 임기 1회에 한해 중임'이라고 규정하고 있다. 유치원 원장도 8년 이상이면 불법이 된다.

하였던 박근혜 의원을 비롯한 사학 마피아들이 결사적으로 사립학교법의 개정을 반대하였다. 사학의 자율성을 침해해서는 안 된다고 저항하였다. 사립학교를 민주주의의 터전으로 만드는 길에는 험로가 기다리고 있을 것이다. 거대한 촛불 혁명의 빛으로 어둠을 몰아내야 한다.

교육 혁명이 필요하다

2017년 대통령선거 교육정책 대안

촛불 시민혁명은 새로운 정부의 탄생으로 완성된 것이 아니라 지난 정권이 남긴 적폐를 청산하고 사회의 모든 부문에 걸친 개혁을 제대로 추진해 나가야 한다는 의미에서 이제부터가 더 중요하다고 하겠다.

지난 대통령선거를 앞두고 전교조, 참교육 학부모회, 평등교육 실현 학부모회, 민주화를 위한 교수협의회 등 교육 시민단체들은 〈새로운 교육체제 수립을 위한 사회적 교육위원회〉를 결성하고 교육혁명의 의제들을 결집하였다. 위원회는 2017. 4. 5. 주최한 원탁 대토론회에 '교육체제 개혁을 위한 5대 핵심 과제'와 '교육정상화와 공공성 강화를 위한 10대 주요과제'를 제출하였다.

교육체제 개혁을 위한 5대 핵심 과제

1. 입시중심교육 폐지를 위한 '대학입학자격고사 도입'
2. 대학서열 해소와 대학공공성 강화를 위한 '대학 통합 네트워크 구성'
3. 교육의 민주성과 미래교육을 위한 '국가교육위원회 설치'
4. 경쟁보다 협력, 학생이 행복한 학교를 위한 '학교민주주의 실현'
5. 교육복지와 지속 가능한 사회를 위한 '교육재정 확대-무상교육실시'

교육정상화와 공공성 강화를 위한 10대 주요과제

1. 특권학교 폐지
2. 농어촌 작은학교 살리기
3. 혁신교육 확산
4. 사립학교 민주화
5. 질 높은 유아 교육과 유보 통합
6. 학급당/ 교원당 학생 수 감축
7. 성과급-교원평가-일제고사 폐지
8. 비정규직 교원과 직원의 권리와 지위 향상
9. 교원-공무원의 정치기본권 보장
10. 학생과 청소년의 인권 보장과 민주시민교육 활성화

2007년 대선을 앞두고도 전교조와 교육 시민단체들은 교육개혁의 과제들을 정리하여 내놓음으로써 주요 후보들이 공약으로 받아들이도록 촉구하였다.

5대 핵심 과제는 2007년에 이미 제출되었던 내용들이고, 10대 과제 가운데 2, 3, 8, 9항이 새롭게 제출된 내용들이다. 2007년 대통령 선거를 몇 개월 앞두고 전교조는 각 정당의 대통령 경선 후보들에게 교육정책 대안을 전달하고, 후보의 입장을 질의하는 등 최대한 선거 공약에 반영하도록 다양한 활동을 전개하였다. 민주노동당[42]의 심상정 후보는 전교조가 주최하는 교육정책 토론회에 직접 참석하는 등 적극적인 관심을 보였다. 민주당의 정동영 후보는 대통령 선거에 수학능력 시험 폐지, 내신 성적 중심으로 대학 신입생 선발, 국공립 대학 통합 전형 등을 교육공약으로 내걸어 극심한 입시경쟁 교육을 해결하겠다는 의지를 보였다.

---

42) 1997년 건국민주노동조합총연맹(약칭 민주노총)을 기반으로 창당한 국민승리21이 전신이다. 2000년 1월 30일 자본주의 사회의 질곡을 극복하고, 민족 통일국가를 건설한다는 기치를 내걸고 창당하였다. 2002년 12월 19일 치러진 제16대 대통령선거에서 권영길(權永吉)이 후보로 출마하여 3.9%의 지지율로 새천년민주당의 노무현(盧武鉉), 한나라당의 이회창(李會昌)에 이어 3위를 차지하였다. 2004년 4월 15일 치러진 제17대 국회의원 총선 시에서는 총 10석을 차지하였으며, 2007년 12월 제17대 대통령선거에 권영길이 다시 출마하여 3.0%의 득표율로 한나라당 이명박, 대통합민주신당 정동영, 무소속 이회창, 창조한국당 문국현 후보에 이어 5위에 그쳤다. 2008년 2월 대통령선거 패배에 따른 책임론과 당내 노선 갈등 등의 이유로 민중민주 계열의 노회찬 · 심상정 등이 탈당하여 진보신당을 창당함으로서 분당되었고, 같은 해 4월 9일 치러진 제18대 국회의원 총선기에서 총 5석을 가지하는 데 그쳤다. 이후 2011년 12월 5일 국민참여당, 진보신당 탈당파인 새진보통합연대와 합당하여 통합진보당이 출범함으로써 해산하였다. [네이버 지식백과] 민주노동당 [Democratic Labor Party, 民主勞動黨] (두산백과)

대선을 몇 개월 앞둔 2007년 5월경 나는 당내 경선에서[43] 제출할 교육공약을 정리하고 있던 심상정 후보 캠프에 전교조의 교육정책 대안과 관련 자료를 가지고 찾아가 오건호 팀장과 함께 〈사람 잡는 7가지 교육현실과 사람 살리는 7가지 교육대안〉으로 교육정책을 가다듬는 작업에 참여하였다.

작업 과정에서 전교조의 정책 대안에 더하여 청소년 문화 등, 내가 평소에 관심을 가지고 있던 내용도 반영이 되어 방대한 교육 분야 개혁안이 7개 항목으로 정리가 되었다. 이 정책대안은 10여 년전에 작성된 것이지만 이후 들어선 보수정권 10년 동안 교육 현실은 개선되기는커녕 교육 불평등이 더욱 심화되는 등 더욱 악화되었기 때문에 여전히 유효한 것들이 많다. 다만, 보수 정권 10년 동안 교원평가, 성과급, 일제고사, 역사교과서 국정화 시도 등 교육에 대한 정부의 통제가 강화되고 일반고의 상황이 더욱 악화되

43) 당시 민주노동당 대통령 후보 당내 경선은 권영길, 노회찬, 심상정 후보가 나와 TV토론회를 벌이는 등 진보적인 의제들이 대거분에 올라오는 활발한 정책 대결이 전개되었고 여론의 관심도 높았다.
44) 전교조, 참교육학부모회, 평등교육실현학부모회, 민주화를 위한 교수협의회 등 교육시민단체들이 모여서 구성한 〈새로운 교육체계 수립을 위한 사회적 교육위원회〉가 2017.4.5. 주최한 원탁대토론회에 제출한 자료집에는 '교육체제 개혁을 위한 5대 핵심 과제'로 1. 대학입학자격고사 도입, 2. 대학 통합 네트워크 구성, 3. 국가교육위원회 설치, 4. 학교 민주주의 실현, 5. 교육재정 확대-무상교육실시 '교육정상화와 공공성 강화를 위한 10대 주요과제'로 1.특권학교 폐지, 2. 농어촌 작은학교 살리기, 3. 혁신학교 확산, 4. 사립학교 민주화, 5. 질 높은 유아 교육과 유보 통합, 6. 학급당/교원당 학생 수 감축, 7.성과급-교원평가-일제고사 폐지, 8. 학교비정규직의 권익 향상, 9. 교원의 정치기본권 보장, 10. 학생의 인권 보장과 민주시민교육 활성화를 제출하였다. 5대 핵심 과제는 2007년에 이미 제출되었던 내용들이고, 10대 과제 가운데 2, 3, 8, 9 항이 새롭게 제출된 내용들이다.

었기 때문에 변화된 상황을 반영하는 새로운 정책 대안이 필요하다.[44]

교육에 대한 관심이 높다고 하여도 학부모들은 어떻게 하면 자녀들을 명문학교에 진학시킬 수 있을까에 대해서만 관심을 기울이게 되어 정작 교육 개혁에 대해서는 큰 관심이 모아지지 않고 있는데 보다 나은 사회를 만들기 위해서는 교육의 혁명적 변화가 절실하다. 새 정부도 교육개혁의 방안을 준비하고 있는 상황이고 다가오는 지방자치선거의 교육감 선거에서도 활발한 논의가 이루어질 것이다. 어떤 점들을 개혁해야 하는지 살펴보고 시민들의 힘을 모아 나가야 한다.

사람 잡는 7가지 교육현실과 사람 살리는 7가지 교육대안

– 우리의 교육 현실에 대한 근본적인 성찰이 필요합니다[45]

목차

교육현실 1 무한 입시경쟁과 천문학적인 사교육비
교육대안 1 입시제도 폐지, 학벌해소로 사교육비 문제를 원천적으로 해결하고 대학의 교육력을 강화한다.

---

45) 2007년 심상정 캠프에서 교육 분야 공약으로 정리한 내용이다.

교육현실 2 계층 간 교육 불평등 심화, 교육이 가난을 대물림하게 만들고 있다.

교육대안 2 고등학교까지 무상교육, 대학등록금 절반으로 인하

교육현실 3 영 · 유아 보육과 교육—아이 낳는 게 두렵다!

교육대안 3 유아교육을 공교육으로 제도화하여 영 · 유아의 보육과 교육을 사회가 책임지도록 한다.

교육현실 4 싸구려 공교육은 이제 그만!—미래 세대에 대한 예의가 아니다!

교육대안 4 획기적인 교육여건 개선으로 '모두가 내 아이—제대로 된 공교육' 확립

교육현실 5 철학도 없고 문화도 없는 교육—청소년들이 갈 곳이 없어요!

교육대안 5 교육인적자원부를 교육문화부로 개편—인권과 창의성, 활력이 넘치는 교육 문화 활성화

교육현실 6 시대에 뒤떨어진 교육과정

교육대안 6 교육주체가 함께 만드는 창의적 교육과정

교육현실 7 민주주의가 교문을 들어오다 멈추었어요!

교육대안 7 사학의 민주화와 학교자치의 실현

`교육현실1` 무한 입시경쟁과 천문학적인 사교육비로 온 국민이 불행합니다.

- ○ 대학 서열화와 학벌 중심의 사회
- • 학력 간 임금 격차 심화
- • 취업, 결혼, 공직 진출에 차별
- ○ 청소년들의 과다한 학습 부담으로 전인적 발달 저해
- ○ 2006년 한 해 동안 사교육비 규모 20조 원으로 교육부 예산의 5배
- • 가계 부담 가중

  올해 1·4분기 도시근로자 가구의 월평균 소비지출 244만 6000원 가운데 교육비는 34만 5000원으로 14.1%를 차지(통계청)
- ○ 대학입시가 전체 공교육을 왜곡시키고 부동산 문제까지 야기하고 있음.
- ○ 특목고, 자립형사립고 등으로 고교 평준화가 해체되고 있으며, 고교 평준화 제도를 폐지하고 고교 입시를 부활시키려는 움직임이 거세지고 있음.
- ○ 계층간 교육 양극화 갈수록 심화

`교육대안1` 입시제도 폐지, 학벌 해소로 사교육비 문제를 원천적으로 해결하고 대학의 교육력을 강화한다

- ○ 학벌의 해소

- 학력 · 학벌에 따른 차별 금지법 제정
- 공직자 할당제 : 지역, 학벌, 학력 등을 고려

○ 대학의 평준화 – 대학입학시험 제도 폐지

- 국공립대 통합전형, 통합 이수, 통합 학점제 실시
- 수학능력 시험의 폐지와 대학입학자격고사 실시
- 최하위계층과 차상위 계층 입학쿼터제 실시
- 연차적으로 통합전형 확대하여 개방형 입학제 실시

○ 대학의 평준화–고등교육 재정지원 확대

- 고등교육재정 GDP 대비 1.1%(OECD 평균) 이상 확충: 현재의 2배 이상
- 국 · 공 · 사립대 고른 재정지원 : 현 서울대 수준 이상으로 대학교육의 질 상향 균등화
- 비정규직 교수의 정규직화와 교수 처우 개선

※ 고등교육의 경쟁력이 낮은 세 가지 이유
- 대학서열체제로 학문경쟁 실종: 상위권 대학은 안주/ 하위권 대학은 포기
- 정부의 있으나마나한 재정 지원, 그나마 서울대 집중
- 대학 교수의 절반 이상을 차지하는 비정규직 교수

○ 고교 평준화의 전국 확대 실시, 특목고, 자립형사립고 폐지

교육현실 2 **계층 간 교육 불평등이 심화되고 있으며, 교육이 가난을 대물림하게 만들고 있습니다**

○ 중학교까지 무상교육임에도 학부모 부담이 만만치 않음.

• 초중등학교 학부모가 학교에 갖다 바친 돈(2005년)

항목	액수
학교발전기금(2005년, 초 · 중 · 고)	1,629억 3,573만 원
수익자 부담경비(2005년, 초 · 중 · 고)	4조 1,921억 5,977만 원
학교운영지원비(2006년, 중 · 고)	8,252억 3,254만 원
고등학교 수업료 및 입학금(2005년) 추정치	1조 8,000억 원
합계	6조 9,803억 2,805만 원

○ 대학등록금 1천만 원 시대

• 등록금 고민으로 자살하는 학부모까지 나오고 있음.

○ 신(新)신분사회를 만들어내고 있음.

• 학부모의 학력, 경제력에 따른 수학능력시험 성적 격차, 명문대 진학률 차이

• 기회 평등, 계층간 사회적 이동을 불가능하게 만듦.

교육대안 2 **고등학교까지 무상교육, 대학 등록금 절반으로 인하**

○ 교육재정을 GDP 7% 이상으로 확충

- 2007년 교육재정의 규모 : 44조 4,363억 원(GDP 대비 4.95%)
- 2010년까지 GDP 대비 7% 이상 확충 : 약 20조 원 추가 확충
- 1.1% 이상은 고등교육 분야 투자
- 영유아부터 중학교까지/소외계층 고등학교까지 완전무상교육 : 년 8조 9천억 원
- 영유아교육(만 4~5세아) 무상의무교육 실시 : 년 4조 1천억 원
- 농산어촌/저소득층/실업고 무상교육 실시 : 년 1조 1천억 원
- 장애인 교육권 보장 : 년 6천억 원
- 초등학교와 중학교 수익자 부담경비(급식비 포함) 해소 : 년 2조 7천억 원
- 중학교 학교운영지원비 폐지 : 년 4천억 원
- 대학등록금 절반 : 년 6조 4천억 원
- 등록금 상한제 : 년 5조 3천억 원
- 하위계층(하위 10%) 대학 무상교육: 년 1조 1천억 원
- 돈 없어도 누구나 교육을 받을 수 있는 사회
- 미래 세대를 함께 기르는 사회, 미래 세대에 꿈과 희망을 주는 사회

교육현실 3 영·유아 보육과 교육—아이 낳는 게 두렵다!

- 영아 공공보육시설은 전무한 상황으로 안심하고 아이를 맡길 곳이 없음.
- 유아의 '교육'과 '보호'가 이원화되어 있어 효율적으로 관리되

지 못하고 있음.

○ 유아 교육의 90%가 사교육시장에 의존하고 있음.

○ 맞벌이 부부의 비율이 높아지고 있으나 보육과 교육의 어려움으로 출산율이 1.3명에 그치고 있음.

교육대안 3 **유아 교육을 공교육으로 제도화하여 영·유아의 보육과 교육을 사회가 책임지도록 한다**

○ 영아 공공보육 체제 마련

• 단기적으로는 영아 보육에 대한 재정 지원책을 마련한다.

• 보육시설, 보육사 양성 등 영아공공보육 시스템을 마련한다.

○ 유아 교육을 공교육으로 제도화

• 만 3세~5세아의 교육복지형 학교 체제를 마련한다.

• 유치원 교육과정 2년을 공교육학제에 추가하고 무상교육을 실시한다.

○ 유아교육체제의 일원화, 공교육화를 내용으로 하는 통합유아교육법 제정

○ 사립유치원의 설립 기준을 강화하고 민주적인 운영을 위한 법령을 정비하여 공교육 기관으로 재정립

교육현실 4 **싸구려 공교육은 이제 그만!−미래 세대에 대한 예의가 아니다!**

○ 초중고 학급당 학생 수/ 교원 1인당 학생 수

• 초중고 학급당 학생 수(OECD의 고등학교 수치는 중학교와 같은 것으로 추정)

구분	학급당 학생수 (2006년)	OECD 평균 (2006 발표, 2004 기준)
초등학교	30. 9	21. 4
중학교	35. 3	24. 1
고등학교	32. 5	24. 1*

• 초중고 교원 1인당 학생 수

구 분	교원 1인당 학생수 (2006년)	OECD 평균 (2006 발표, 2004 기준)
초등학교	24	15. 3
중학교	19. 4	12. 0
고등학교	14. 8	11. 5

○ 학급당 학생 수, 교원 1인당 학생 수(그에 따르는 주당 수업 시수 과다) 과다로 수업의 질이 저하됨.

○ 대부분의 학교가 도서실, 체육관, 강당, 수영장 등 교육시설을 갖추고 있지 못하고 있으며 운동장마저 비좁은 학교가 대부분임.

교육대안 4 **획기적인 교육여건 개선으로 '모두가 내 아이-제대로 된 공교육' 확립**

○ 2012년까지 학급당 학생 수 20명, 교원 1인당 학생 수 15명으로 감축

• 교직원 10만 명 신규 채용 : 년 1조 5천억 원

> ※ 교육양극화는 학급당 학생 수 감축으로 해소!!
> • 열악한 지역일수록 학급당 학생 수 감축하여 교사-학생의 관계를 긴밀하게 해야
> • 저출산에 따른 학생 수 감소를 학급당 학생 수 감축의 기회로 삼아야

○ 교원의 양성, 임용제도 개선 : 6년제 목적형 사범대에서 엄격한 학사관리, 임용되기 전 1년의 현장 실습을 거치게 함.

○ 노후 교사(校舍)를 신축하여 교육여건 개선

○ 도서실의 시설, 장서를 확충하고 사서 교사를 모든 학교에 배치

○ 실내체육관, 강당, 수영장 등을 2~3개 교에 1개씩 마련하여 공동으로 이용하고 점차 확충

○ 컴퓨터, 영상기기, 음향기기 및 악기, 실험 기자재, 냉난방 시설, 공기 정화기, 샤워 시설, 급식 시설 등 필수 비품 및 시설 확충

○ 청소, 시설 관리 인력의 확보

○ 교사, 학부모, 시민단체로 이루어진 교육예산 감시위원회 구성

교육현실 5 **철학도 없고 문화도 없는 교육—청소년들이 갈 곳이 없어요!**

- ○ 교육에 대한 시장주의 논리, 경쟁과 효율성 논리만 넘쳐나고 교육을 이끌어 가는 철학이 부재함.
- • 교육 현실이 개선되기는커녕 갈수록 악화되고 있는 원인은 바로 교육에 대한 철학의 부재에 그 원인이 있음.
- ○ 인적자원 개발의 교육으로 인하여 예체능 교육, 인문교육이 설자리를 잃게 되었고 그로 인하여 청소년 문화, 교사 문화가 부재함.
- • 주 5일제 수업으로 휴업일이 늘어남에도 청소년들을 위한 교육 문화 인프라는 전무한 상황임.

교육대안 5 **교육인적자원부를 교육문화부로 개편—인권과 창의성, 활력이 넘치는 교육 문화 활성화**

- ○ 교육인적자원부를 교육문화부로 개편, 교육문화의 활성화
- • 생태, 인권, 평화, 사회연대 등 보편적 가치를 교육이념으로 정립
- • 문화재, 박물관, 무형문화재 등 문화 인프라의 교육적 활용
- • 연극, 영상, 문학, 미술 등 예체능 교육의 강화—청소년 문화, 교사 문화 등 교육 문화의 활성화
- ○ 지역별로 문화관, 도서관, 체육관, 공연시설, 여가 시설 등을 갖춘 청소년의 거리 조성

○ '학교가 즐겁다' 학생인권 보장

　학생인권 보장은 단순히 학생의 고통을 덜어 준다는 소극적 차원이 아니라, 학생들이 인권과 자치의 주체로 성장할 수 있는 근거를 마련하는 것

· 학생회 등 학생자치활동 보장, 학교운영위원회에 학생대표 참여

· 학생인권을 보장하는 내용으로 학칙을 개정하고 관리 감독

· 0교시, 강제 보충 · 자율학습, 두발 · 복장 · 개인소지품 · 일기 검사, 가정환경 · 성적 · 외모 · 성별 · 국적 · 종교 · 장애 · 신념 · 성정체성 등에 따른 각종 차별행위 금지

· 학생인권교육 정기적 실시, 인권실태 조사

○ 왕따, 학교체벌 NO! 학생복지 지원체계 마련

· 과도한 경쟁과 학생들의 정상적 교육 활동이 제약됨으로 폭력 심화, 왕따 발생

· 학교 조직을 순수 교육활동 중심으로 재편−교수 학습과 생활지도, 학생들의 자치활동 및 동아리 활동 등을 지원할 수 있는 체제로 전환

· 지역교육청 상담−복지 센터로 전환, 학교에 학생복지부 설치, 전문상담교사(상담사) 학교 단위 배치

· 폭력대책 시행을 위해 교사회 및 학생회 기구 대표성 및 활동력 확보 방안 마련

○ 광주학생항일운동, 4 · 19 혁명, 5 · 18 광주 민주화운동의 주

역 – 18세에게 선거권을!

- 국민의 정치참여라는 민주주의의 기본 정신을 배울 수 있는 첩경은 청소년들의 선거 참여

- 미국, 독일, 필리핀 등 93개 국이나 되는 나라에서 18세 선거권 부여. 한국의 18세의 대부분이 현재 대학생

교육현실 6 **시대에 뒤떨어진 교육과정**

○ 소수의 교육 관료, 관변 학자들에 의해 국가 수준의 획일적 교육과정이 결정되고 있음.

○ 교육과정이 자본가 단체 등 이익 단체, 교과 단체, 전공 학자 집단 등의 이해관계에 따라 결정되고 있음.

○ 권위주의 독재 정치 시기에 마련되었던 이념에 근거한 교육 과정이 여전히 자리 잡고 있음.

- 국가주의(전체주의), 자본의 논리, 서구 우월주의, 숭미 사대 주의, 맹목적 냉전논리, 물신주의, 남성 우월주의 등 시대에 뒤떨어진 교육과정이 여전히 위력을 떨치고 있음.

교육대안 6 **교육주체가 함께 만드는 창의적 교육과정**

○ 노동, 인권, 생태, 평화, 사회적 연대를 교육과정의 중심 가치 로 설정

- 자신의 권리에 대한 이해로부터 출발하여 '경쟁과 배재'가 아 닌 '협동과 공존'의 가치관을 키우는 교육과정으로 개편

○ 국가 주도의 교육과정에서 교육 주체가 주도하는 교육과정으로 단위학교 및 교사에게 교육과정 편성 재량권 부여

• 국·영·수 위주에서 탈피, 최소 공통과목과 기본 이수 수준을 균형적으로 설정하고 교과 편성, 교육 방법 및 시수 조정에 자율권을 부여

• 개별 교과를 넘어선 교과 간 통합 교육 및 다양한 교육 프로젝트의 실행이 가능 하도록 지원

○ 학교를 넘어 사회와 연대하는 교육으로 학교 교육과 가정, 지역 자원의 적극적 연계를 통한 교육의 공공성 확보

• 도서관, 미술관, 박물관, 극장, 문화의 집 등 공공 문화 기반 시설과 학교의 적극적 연계 체제 구축

• 지역 내 각 분야의 전문가와 학부모가 참여하는 학교 교육을 통해 지역의 물적, 인적 자원을 적극적으로 발굴하고 학교 교육과 연계하는 '사회적 교육'의 실행

• 지역사회는 학교에 물적, 인적 자원을 제공하고 학생들은 이 과정을 통해 단순히 지역사회 인프라의 도움을 받는 학습자가 아니라 지역사회와 직접적으로 소통하면서 지역문제를 주체적으로 고민하고 활동하는 주체가 될 수 있도록 지원

○ 획일적 평가와 경쟁 중심 교육에서 창의성을 존중하는 협동 학습 체제로 평가방식의 다양화 및 절대평가제 도입

• 서술형 평가, 개별 학생의 학습 과정을 통한 총체적 평가, 프로젝트 평가, 협동 과제 평가 등 평가 방식을 다양화하고 전

면적인 절대평가제 도입, 평가 방식의 다양화 및 절대평가제 도입

- 협동 학습을 통해 다양한 토론과 창의적 활동이 이루어지도록 하고 모든 학생들이 균형적으로 학습 성취도를 높일 수 있도록 지원

○ 교육 난이도와 학습량의 적정화로 이해와 토론, 체험과 표현이 중심이 되는 문화교육

- 교육 난이도와 학습량을 발달단계에 맞추어 적정화하고 개념 이해와 논리적 토론, 다양한 체험 활동 및 자기 생각의 표현이 중심이 되는 교육과정으로 개편

- 교과교육과 체험, 표현 활동 등 비교과 교육활동을 균형적으로 배치하여 인성, 지성, 감수성 및 신체가 고르게 발달할 수 있도록 개편

교육현실7 민주주의가 교문을 들어오다 멈추었어요!

○ 권위주의 독재 시기와 전혀 달라지지 않은 교육 행정

- 관료주의의 경직된 교육 행정으로 교육주체의 자율성과 창의성을 가로막고 있음.

○ 부패, 비리의 온상이 되고 있는 사립학교

○ 교육주체의 참여가 배제되는 관료주의 학교행정

[현재의 학교] 민주주의가 뭐지?

교장
(무소불위)

학교운영위원회
(심의기구, 사립은 자문기구)

교사 · 직원 · 학부모 · 학생

교육대안 7 **사학의 민주화와 학교자치의 실현**

○ 사학의 민주화

• 학교운영위원회, 인사위원회의 민주적인 운영

○ 교장 선출보직제로 관료주의 폐지

○ 교무회의, 학부모회, 학생회 법제화와 학교자치

[앞으로] 함께 논의 · 결정하고 평가 · 반성하며 미래를 모색하는
학교

학교운영위원회
(심의 · 의결기구, 사립은 자문기구)

교사회   직원회   종학생회   종학부모회

○ '교육인적자원부'를 '교육문화부'로 개칭, 역할 및 기능 조정

• 국가교육위원회 설치로 정책독점을 폐기하고 민주적이고 합리적인 교육정책 수립 구조 확보

• 교육부 집행기구화 및 운영 개선 : 정책 수립기능을 국가교육위원회로 넘기고 교육부를 집행기능 중심으로 축소 개편

• 교육행정직 선발 시험제도 개선 : 교육 현장의 실천경험이 풍부한 경력자를 선발하는 제도로 전환, 교육 전문직은 파견근무 후 원직 복귀를 원칙으로 함.

○ 교육청의 학교지원 기구화

※국가교육위원회
* 위상 – 법률기구로 심의 의결 권한, 정책입안, 조정, 심의, 평가
* 구성 – 국민과 시민사회의 통제가 가능하도록 구성. 산하에 소위원회를 두고 위원과 자문위원을 둔다.
* 성격 – 교육정책에 대한 사회적 합의기구, 교육개혁에 대한 의제 선정과 논의 주도 기구
* 핵심의제 – 국가차원의 초중등 및 대학교육정책, 입시와 대학 개혁, 학제와 교육과정 개편, 학교자치와 교육행정 개혁

• 현장지원 장학위원회를 두어 관료행정 중심에서 장학기능 중심으로 재구성

• 학생 상담 및 복지를 지원하는 기능

부록

〈부록〉

공립형 대안학교의 필요성을 조사하기 위한
인문계 고등학생들의 의식조사 설문지

1. 인문계 고등학교에 들어오게 된 동기는?
① 대학 진학을 준비하기 위하여
② 전문계 고등학교(공고, 정보고 등)에 진학할 의사가 있었으나
  성적이 낮아서
③ 대학 진학이 어렵더라도 사회생활을 하는 데에 고등학교 학력
  이 필요하다고 생각하여
④ 별 생각 없이

2. 학교수업 시간을 제외하고 보통 하루에 몇 시간씩 공부하고 있
  습니까?
  (혼자 공부하거나 사교육을 받는 시간을 모두 포함)
① 전혀 하지 않는다   ② 1시간 이내   ③ 1시간~2시간
④ 2시간~4시간   ⑤ 4시간 이상

3. 나는 학교에서 보통 (   ) 정도는 자거나 친구들과 잡담을 하
  는 등 수업에 신경을 쓰지 않고 보낸다.
① 전혀 그렇지 않다. ② 1주일에 한두 시간 ③ 하루에 1시간
④ 하루에 2~3시간   ⑤ 4시간 이상

※ 3번 문항의 ②~⑤번에 답한 경우

3-1. 수업에 집중을 하지 못하는 이유는 무엇입니까?
① 수업이 어려워서　　　② 수면 부족이나 피로 때문에
③ 대학 진학을 포기해서　　④ 의욕이 없어서
⑤ 자신도 잘 모르는 이유로

4. 수업 시간에 선생님의 설명을 이해하기 어려운 과목이 몇 개
　정도나 있습니까?
① 전혀 없다 ② 1과목 ③ 2~3과목 ④ 4~5과목 ⑤ 대부분의 과목

5. 2학년을 마치고 3학년 때 산업정보학교 등에 가서 1년을 직업
　교육 등을 받으면서 수료할 수 있는데 이에 대하여 관심을 가
　진 적이 있습니까?
① 지원하여 합격하였다.　② 지원하였으나 불합격하였다.
③ 생각해 본 적이 없다.　④ 들어 본 적이 없다.

6. 기존의 일반계, 전문계 고등학교에서 적응하지 못하는 학생들
　을 위해, 자신의 적성과 흥미를 살릴 수 있는 보다 자유로운 분
　위기의 '공립형 대안 학교'가 설립되어야 한다는 의견에 대하여
　어떻게 생각합니까?
① 반드시 필요하다.　　　② 있으면 좋을 것이다.
③ 별 필요성을 못 느낀다.　④ 생각해 본 적 없다.

※ 위 문항의 ①~②에 답한 경우

6-1.공립형 대안학교의 형태는 어떻게 하는 것이 좋다고 생각합
　　니까?
① 인문계 고등학교, 전문계 고등학교처럼 중학교를 졸업하고 바
　　로 입학하는 3년제 학교
② 인문계 고등학교, 전문계 고등학교에 진학하여 적응하지 못하
　　는 학생들이 1학년을 마치고 진학할 수 있는 2년제 학교
③ 인문계 고등학교, 전문계 고등학교에 진학하여 적응하지 못하
　　는 학생들이 2학년을 마치고 진학할 수 있는 1년제 학교

6-2. 다양한 공립형 대안학교가 있어 입학한다면, 어떤 분야를 공
　　부할 수 있는 학교를 선택하겠습니까? (2개까지 중복하여 답
　　할 수 있음)
① 실용음악　　　　　② 클래식 음악　　　　③ 국악
④ 뮤지컬, 연극　　　⑤ 회화, 조각　　　　⑥ 목공예
⑦ 도자기 공예　　　⑧ 독서　　　　　　　⑨ 문학
⑩ 철학　　　　　　⑪ 종교　　　　　　　⑫ 댄스
⑬ 스포츠　　　　　⑭ 원예
⑮ 동물 기르기　 * 기타(　　　,　　　　)

〈문항별 응답학생 수〉

	A고 1남	A고 2남	B고 1남	B고 1여	C고 1남	C고 1여	C고 2남	C고 2여	D고 1남	D고 1여	D고 2남	D고 2여	1남	2남	1여	2여	남	여	전체
1	126	124	56	18	70	33	60	36	28	33	64	30	280	248	84	66	528	150	678
2	130	125	57	18	70	35	61	36	29	32	64	30	286	250	85	66	536	151	687
3	124	123	52	18	70	34	52	35	29	32	65	30	275	240	84	65	515	149	664
3-1	113	114	45	16	62	29	52	33	24	30	62	29	244	228	75	62	472	137	609
4	123	123	50	8	70	34	61	36	28	32	63	29	271	247	74	65	518	139	657
5	122	122	42	7	63	32	61	35	26	31	49	27	253	232	70	62	485	132	617
6	124	122	49	8	69	32	59	34	28	31	61	29	270	242	71	63	512	134	646
6-1	88	100	34	7	58	22	45	25	19	21	52	20	199	197	50	45	396	95	491
6-2	135	181	65	29	111	54	96	47	36	44	92	36	347	369	127	83	716	210	926

〈문항별 조사결과 분석〉

1. 인문계 고등학교에 들어오게 된 동기는?

① 대학 진학을 준비하기 위하여

② 전문계 고등학교(공고, 정보고 등)에 진학할 의사가 있었으나 성적이 낮아서

③ 대학 진학이 어렵더라도 사회생활을 하는 데에 고등학교 학력이 필요하다고 생각하여

④ 별 생각 없이

	A고 1남	A고 2남	B고 1남	B고 1여	C고 1남	C고 1여	C고 2남	C고 2여	D고 1남	D고 1여	D고 2남	D고 2여	1남	2남	1여	2여	남	여	전체
①	65.0	64.5	60.7	77.8	71.4	69.7	65.0	77.8	60.7	66.7	56.3	70.0	65.4	62.5	70.2	74.2	64.0	72.0	65.8
②	6.3	7.3	8.9	0.0	2.9	6.1	1.7	8.3	3.6	6.1	4.7	6.7	5.7	5.2	4.8	7.6	5.5	6.0	5.6
③	13.5	6.5	17.9	16.7	17.1	9.1	15.0	5.6	14.3	9.1	17.2	10.0	15.4	11.3	10.7	7.6	13.4	9.3	12.5
④	15.1	21.8	12.5	5.6	8.6	15.2	18.3	8.3	21.4	18.2	21.9	13.3	13.6	21.0	14.3	10.6	17.0	12.7	16.1

– 대학 진학을 준비하기 위하여 인문계 고등학교에 진학하였다는 학생들이 학교별로 다소간의 차이가 있으나 전체적으로

남학생들은 64.0%, 여학생들은 72.0%로 나타났고 고등학교가 최종학력이 될 수도 있다고 생각하면서 진학한 학생들의 비율은 남학생들은 13.4%, 여학생들은 다소 낮은 9.3%로 응답하여 10% 내외 정도였다. 전문계(실업계) 고등학교에 가고 싶었으나 성적이 낮아 가지 못한 학생들은 B고에서는 남학생들이, C고와 D고에서는 여학생들이 더 많았지만 전체적으로 5~6% 내외였다. 별다른 생각 없이 진학했다는 학생들이 전체적으로 16.1%에 이르는 것으로 나타났다.

전문계고 진학을 희망하였으나 성적이 낮아 가지 못한 학생들과 별다른 생각 없이 진학한 학생들 가운데 상당수는 대학입시 준비 단계가 되어버린 학교생활에 부적응할 가능성이 높은 학생들이라고 볼 수 있겠다.

2. 학교 수업시간을 제외하고 보통 하루에 몇 시간씩 공부하고 있습니까?

(혼자 공부하거나 사교육을 받는 시간을 모두 포함)

① 전혀 하지 않는다.

② 1시간 이내

③ 1시간~2시간

④ 2시간~4시간

⑤ 4시간 이상

	A고 1남	A고 2남	B고 1남	B고 1여	C고 1남	C고 1여	C고 2남	C고 2여	D고 1남	D고 1여	D고 2남	D고 2여	1남	2남	1여	2여	남	여	전체
①	10.8	12.0	19.3	0.0	15.7	11.4	14.8	2.8	10.3	12.5	18.8	6.7	13.6	14.4	9.4	4.5	14.0	7.3	12.5
②	20.8	16.8	24.6	22.2	24.3	14.3	27.9	8.3	20.7	28.1	25.0	13.3	22.4	21.6	21.2	10.6	22.0	16.6	20.8
③	23.8	27.2	26.3	50.0	27.1	17.1	19.7	36.1	10.3	21.9	21.9	23.3	23.8	24.0	25.9	30.3	23.9	27.8	24.7
④	31.5	29.6	21.1	22.2	20.0	45.7	31.1	36.1	27.6	21.9	18.8	36.7	26.2	27.2	31.8	36.4	26.7	33.8	28.2
⑤	13.1	14.4	8.8	5.6	12.9	11.4	6.6	16.7	31.0	15.6	15.6	20.0	14.0	12.8	11.8	18.2	13.4	14.6	13.7

– 학교수업 시간을 제외하고는 전혀 공부를 하지 않는다는 학생들이 남학생들은 14.0%, 여학생들은 7.3%로 전체적으로 10%를 넘고 있다. 또 1시간 이내라고 대답한 학생들이 20.8%로 나타나 전혀 공부를 하지 않거나 하더라도 1시간을 넘지 않는다는 학생들이 남학생들은 36%, 여학생들은 23.9%이고 전체적으로는 33.3%에 달하는 것으로 나타났다. 쉽지 않은 교육과정을 학교 수업만으로는 소화하기 어렵다는 점에서 학교 공부를 따라가지 못하는 학생들이 얼마나 많은지 놀라지 않을 수 없다. 사교육을 포함하여 학교 수업 이외에 2시간 이상을 공부한다는 학생들은 41.9% 정도에 그쳤다.

3. 나는 학교에서 보통 (   ) 정도는 자거나 친구들과 잡담을 하는 등 수업에 신경을 쓰지 않고 보낸다.

① 전혀 그렇지 않다.

② 1주일에 한두 시간

③ 하루에 1시간

④ 하루에 2~3시간

⑤ 4시간 이상

	A고 1남	A고 2남	B고 1남	B고 1여	C고 1남	C고 1여	C고 2남	C고 2여	D고 1남	D고 1여	D고 2남	D고 2여	1남	2남	1여	2여	남	여	전체
①	12.1	5.7	11.5	5.6	8.0	14.7	13.5	11.4	20.7	12.5	4.6	13.3	12.4	7.1	11.9	12.3	9.9	12.1	10.4
②	25.8	9.8	32.7	33.3	47.6	20.6	51.9	31.4	13.8	31.3	12.3	20.0	25.1	19.6	27.4	26.2	22.5	26.8	23.5
③	28.2	30.9	30.8	38.9	55.6	32.4	0.0	25.7	20.7	34.4	21.5	30.0	29.8	21.7	34.5	27.7	26.0	31.5	27.3
④	20.2	37.4	17.3	22.2	31.7	20.6	9.6	25.7	31.0	12.5	43.1	20.0	21.1	32.9	17.9	23.1	26.6	20.1	25.2
⑤	13.7	16.3	7.7	0.0	0.0	11.8	25.0	5.7	13.8	9.4	18.5	16.7	11.6	18.8	8.3	10.8	15.0	9.4	13.7

- 수업 시간에 자거나 친구들과 잡담을 하지 않고 열심히 임하는 학생들은 최저 4.6%에 그치는 학교도 있어 전체적으로 10.4% 정도였고, 1주일에 한두 시간 정도만 수업에 집중하지 못한다고 응답한 학생들이 23.5%로 나타나 이들까지를 포함한 비교적 수업을 잘 듣는 학생의 비율은 33.9% 정도였다. 반면 하루에 2시간 이상 집중하지 못한다는 학생들이 D고 2학년 남학생들이 61.6%로 가장 높이 나타난 것을 포함하여 전체적으로 38.9%에 이르렀다.

※ 3번 문항의 ②~⑤번에 답한 경우

3-1. 수업에 집중을 하지 못하는 이유는 무엇입니까?

① 수업이 어려워서

② 수면 부족이나 피로 때문에

③ 대학 진학을 포기해서

④ 의욕이 없어서

⑤ 자신도 잘 모르는 이유로

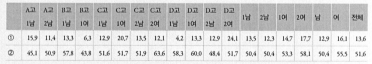

	A고 1남	A고 2남	B고 1남	B고 1여	C고 1남	C고 1여	C고 2남	C고 2여	D고 1남	D고 1여	D고 2남	D고 2여	1남	2남	1여	2여	남	여	전체
①	15.9	11.4	13.3	6.3	12.9	20.7	13.5	12.1	4.2	13.3	12.9	24.1	13.5	12.3	14.7	17.7	12.9	16.1	13.6
②	45.1	50.9	57.8	43.8	51.6	51.7	51.9	63.6	58.3	60.0	48.4	51.7	50.4	50.4	53.3	58.1	50.4	55.5	51.6

	A고 1남	A고 2남	B고 1남	B고 1여	C고 1남	C고 1여	C고 2남	C고 2여	D고 1남	D고 1여	D고 2남	D고 2여	1남	2남	1여	2여	남	여	전체
③	0.0	0.9	2.2	0.0	1.6	0.0	0.0	0.0	0.0	0.0	1.6	3.4	0.8	0.9	0.0	1.6	0.8	0.7	0.8
④	17.7	24.6	11.1	25.0	25.8	13.8	9.6	15.2	20.8	13.3	30.6	10.3	18.9	22.8	16.0	12.9	20.8	14.6	19.4
⑤	21.2	12.3	15.6	25.0	8.1	13.8	25.0	9.1	16.7	13.3	6.5	10.3	16.4	13.6	16.0	9.7	15.0	13.1	14.6

– 수업에 집중을 하지 못하는 이유는 수면 부족이나 피로 때문이라고 응답한 학생이 51.6%, 의욕이 없어서 19.4%, 왜 그런지 자신도 잘 모르겠다 14.6%, 수업이 어려워서 13.6%로 나타났다.

4. 수업 시간에 선생님의 설명을 이해하기 어려운 과목이 몇 개정도나 있습니까?

① 전혀 없다.

② 1과목

③ 2~3과목

④ 4~5과목

⑤ 대부분의 과목

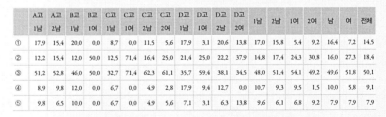

	A고 1남	A고 2남	B고 1남	B고 1여	C고 1남	C고 1여	C고 2남	C고 2여	D고 1남	D고 1여	D고 2남	D고 2여	1남	2남	1여	2여	남	여	전체
①	17.9	15.4	20.0	0.0	8.7	0.0	11.5	5.6	17.9	3.1	20.6	13.8	17.0	15.8	5.4	9.2	16.4	7.2	14.5
②	12.2	15.4	12.0	50.0	12.5	71.4	16.4	25.0	21.4	25.0	22.2	37.9	14.8	17.4	24.3	30.8	16.0	27.3	18.4
③	51.2	52.8	46.0	50.0	32.7	71.4	62.3	61.1	35.7	59.4	38.1	34.5	48.0	51.4	54.1	49.2	49.6	51.8	50.1
④	8.9	9.8	12.0	0.0	6.7	0.0	4.9	2.8	17.9	9.4	12.7	0.0	10.7	9.3	9.5	1.5	10.0	5.8	9.1
⑤	9.8	6.5	10.0	0.0	6.7	0.0	4.9	5.6	7.1	3.1	6.3	13.8	9.6	6.1	6.8	9.2	7.9	7.9	7.9

– 수업 시간에 선생님의 설명을 이해하기 어려운 과목이 얼마나 되느냐는 질문에 전혀 없거나 1과목이라고 응답하여 비교

적 학업을 잘 수행하고 있는 학생들은 32.9% 정도였다. 2~3 과목이라고 응답한 비율이 50.1%, 4과목 이상이라고 응답한 경우가 17.0% 정도였다.

5. 2학년을 마치고 3학년 때 산업정보학교 등에 가서 1년을 직 업교육 등을 받으면서 수료할 수 있는데 이에 대하여 관심을 가진 적이 있습니까?
① 지원하여 합격하였다.
② 지원하였으나 불합격하였다.
③ 생각해 본 적이 없다.
④ 들어본 적이 없다.

	A고 1남	A고 2남	B고 1남	B고 1여	C고 1남	C고 1여	C고 2남	C고 2여	D고 1남	D고 1여	D고 2남	D고 2여	1남	2남	1여	2여	남	여	전체
①	1.6	3.3	2.4	0.0	6.3	0.0	1.6	5.7	7.7	0.0	10.2	3.7	3.6	4.3	0.0	4.8	3.9	2.3	3.6
②	0.0	3.3	4.8	0.0	0.0	0.0	11.5	2.9	0.0	0.0	81.6	0.0	0.8	22.0	0.0	1.6	10.9	0.8	8.8
③	56.6	70.5	57.1	85.7	57.1	50.0	72.1	74.3	80.8	83.9	6.1	92.6	59.3	57.3	68.6	82.3	58.4	75.0	61.9
④	41.8	18.9	35.7	14.3	36.5	50.0	14.8	11.4	11.5	16.1	2.0	3.7	36.4	14.2	31.4	8.1	25.8	20.5	24.6
⑤	0.0	4.1	0.0	0.0	0.0	0.0	0.0	5.7	0.0	0.0	0.0	0.0	0.0	2.2	0.0	3.2	1.0	1.5	1.1

- ⑤는 선택지로 제시하지 않았으나 '생각해보았다'라고 써낸 학생들이 있어서 통계를 낸 것이다.
- 인문계 고등학교에 진학하였으나 학업에 적응하지 못하는 학 생들이 택하는 직업반 위탁교육의 경우 1학년들은 남학생의 경우 36.4%, 여학생의 31.4%가 들어보지 못하였다, 2학년들 은 남학생의 14.2%, 여학생의 경우 8.1% 들어본 적 없다고

응답하여 1학년 때는 잘 모르다가 2학년 2학기에 위탁생들을
모집한다는 사실을 알게 되는 것으로 보인다.

6. 기존의 일반계, 전문계 고등학교에서 적응하지 못하는 학생
   들을 위해, 자신의 적성과 흥미를 살릴 수 있는 보다 자유로
   운 분위기의 '공립형 대안 학교'가 설립되어야 한다는 의견에
   대하여 어떻게 생각합니까?
   ① 반드시 필요하다.
   ② 있으면 좋을 것이다.
   ③ 별 필요성을 못 느낀다.
   ④ 생각해 본 적 없다.

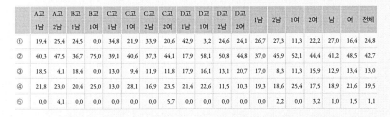

	A고 1남	A고 2남	B고 1남	B고 1여	C고 1남	C고 1여	C고 2남	C고 2여	D고 1남	D고 1여	D고 2남	D고 2여	1남	2남	1여	2여	남	여	전체
①	19.4	25.4	24.5	0.0	34.8	21.9	33.9	20.6	42.9	3.2	24.6	24.1	26.7	27.3	11.3	22.2	27.0	16.4	24.8
②	40.3	47.5	36.7	75.0	39.1	40.6	37.3	44.1	17.9	58.1	50.8	44.8	37.0	45.9	52.1	44.4	41.2	48.5	42.7
③	18.5	4.1	18.4	0.0	13.0	9.4	11.9	11.8	17.9	16.1	13.1	20.7	17.0	8.3	11.3	15.9	12.9	13.4	13.0
④	21.8	23.0	20.4	25.0	13.0	28.1	16.9	23.5	21.4	22.6	11.5	10.3	19.3	18.6	25.4	17.5	18.9	21.6	19.5
⑤	0.0	4.1	0.0	0.0	0.0	0.0	0.0	5.7	0.0	0.0	0.0	0.0	0.0	2.2	0.0	3.2	1.0	1.5	1.1

– '공립형 대안학교'의 필요성에 대하여 24.8%가 반드시 필요
하다, 42.7%가 있으면 좋을 것이라고 응답하였다.

※ 위 문항의 ①~②에 답한 경우
6-1. 공립형 대안학교의 형태는 어떻게 하는 것이 좋다고 생각
    합니까?

① 인문계 고등학교, 전문계 고등학교처럼 중학교를 졸업하고 바로 입학하는 3년제 학교
② 인문계 고등학교, 전문계 고등학교에 진학하여 적응하지 못하는 학생들이 1학년을 마치고 진학할 수 있는 2년제 학교
③ 인문계 고등학교, 전문계 고등학교에 진학하여 적응하지 못하는 학생들이 2학년을 마치고 진학할 수 있는 1년제 학교

	A고 1남	A고 2남	B고 1남	B고 1여	C고 1남	C고 1여	C고 2남	C고 2여	D고 1남	D고 1여	D고 2남	D고 2여	1남	2남	1여	2여	남	여	전체
①	50.0	47.0	38.2	28.6	34.5	36.4	53.3	40.0	57.9	38.1	40.4	25.0	44.2	46.7	36.0	33.3	45.5	34.7	43.4
②	36.4	41.0	50.0	57.1	48.3	59.1	24.4	52.0	36.8	57.1	50.0	65.0	42.2	39.6	58.0	57.8	40.9	57.9	44.2
③	13.6	12.0	11.8	14.3	17.2	4.5	22.2	8.0	5.3	4.8	9.6	10.0	13.6	13.7	6.0	8.9	13.6	7.4	12.4
④	21.8	23.0	20.4	25.0	13.0	28.1	16.9	23.5	21.4	22.6	11.5	10.3	19.3	18.6	25.4	17.5	18.9	21.6	19.5
⑤	0.0	4.1	0.0	0.0	0.0	0.0	0.0	5.7	0.0	0.0	0.0	0.0	0.0	2.2	0.0	3.2	1.0	1.5	1.1

- '공립형 대안학교'가 필요하다고 응답한 학생들 가운데 3년제여야 한다 43.4%, 2년제 정도가 좋다 44.2%로 나타나 현행 위탁교육과정의 확대를 넘어서는 과정이어야 한다는 의견이 절대 다수를 차지하였다.

6-2. 다양한 공립형 대안학교가 있어 입학한다면, 어떤 분야를 공부할 수 있는 학교를 선택하겠습니까? (2개까지 중복하여 답할 수 있음)
① 실용음악   ② 클래식 음악   ③ 국악
④ 뮤지컬, 연극   ⑤ 회화, 조각   ⑥ 목공예
⑦ 도자기 공예   ⑧ 독서   ⑨ 문학

⑩ 철학   ⑪ 종교   ⑫ 댄스

⑬ 스포츠   ⑭ 원예

⑮ 동물 기르기   * 기타(,   )

	A고 1남	A고 2남	B고 1남	B고 1여	C고 1남	C고 1여	C고 2남	C고 2여	D고 1남	D고 1여	D고 2남	D고 2여	1남	2남	1여	2여	남	여	전체
①	20.0	21.5	26.2	13.8	18.9	13.0	29.2	19.1	25.0	13.6	21.7	11.1	21.3	23.6	13.4	15.7	22.5	14.3	20.6
②	2.2	5.0	1.5	3.4	3.6	3.7	6.3	4.3	2.8	6.8	2.2	5.6	2.6	4.6	4.7	4.8	3.6	4.8	3.9
③	2.2	1.7	1.5	0.0	0.9	3.7	3.1	2.1	0.0	0.0	2.2	5.6	1.4	2.2	1.6	3.6	1.8	2.4	1.9
④	9.6	11.6	7.7	31.0	9.9	22.2	15.6	10.6	11.1	20.5	13.0	16.7	9.5	13.0	23.6	13.3	11.3	19.5	13.2
⑤	3.7	6.6	6.2	6.9	2.7	7.4	3.1	6.4	5.6	6.8	3.3	5.6	4.0	4.9	7.1	6.0	4.5	6.7	5.0
⑥	2.2	1.7	6.2	6.9	1.8	3.7	0.0	2.1	2.8	0.0	1.1	0.0	2.9	1.1	3.1	1.2	2.0	2.4	2.1
⑦	3.7	2.8	4.6	0.0	3.6	1.9	1.0	2.1	2.8	9.1	0.0	2.8	3.7	1.6	3.9	2.4	2.7	3.3	2.8
⑧	3.7	5.0	4.6	10.3	2.7	5.6	2.1	4.3	2.8	0.0	5.4	0.0	3.5	4.3	4.7	2.4	3.9	3.8	3.9
⑨	5.9	5.0	1.5	0.0	4.5	3.7	6.3	8.5	0.0	6.8	5.4	8.3	4.0	5.4	3.9	8.4	4.7	5.7	5.0
⑩	3.7	3.3	1.5	0.0	5.4	5.6	2.1	0.0	5.6	4.5	5.4	11.1	4.0	3.5	3.9	4.8	3.8	4.3	3.9
⑪	1.5	0.0	0.0	0.0	0.9	0.0	0.0	0.0	2.8	4.5	1.1	0.0	1.2	0.3	1.6	0.0	0.7	1.0	0.8
⑫	6.7	6.6	6.2	6.9	8.1	9.3	5.2	4.3	2.8	2.3	4.3	5.6	6.6	5.7	6.3	4.8	6.1	5.7	6.0
⑬	23.7	16.6	15.4	6.9	18.9	1.9	16.7	10.6	25.0	9.1	15.2	2.8	20.7	16.3	5.5	7.2	18.4	6.2	15.7
⑭	0.0	1.1	0.0	0.0	0.0	0.0	0.0	2.1	0.0	4.5	0.0	0.0	0.0	0.5	1.6	1.2	0.3	1.4	0.5
⑮	5.2	6.1	9.2	10.3	14.4	13.0	7.3	17.0	0.0	6.8	10.9	13.9	8.4	7.6	10.2	15.7	8.0	12.4	9.0
⑯	3.0	1.1	1.5	3.4	0.0	0.0	0.0	0.0	0.0	2.3	1.1	5.6	1.4	0.8	1.6	2.4	1.1	1.9	1.3
⑰	1.5	1.1	3.1	0.0	0.0	0.0	0.0	0.0	2.8	0.0	1.1	0.0	1.4	0.8	0.0	0.0	1.1	0.0	0.9
⑱	0.7	0.6	0.0	0.0	0.0	0.0	0.0	0.0	0.0	0.0	0.0	0.0	0.3	0.3	0.0	0.0	0.3	0.0	0.2
⑲	0.0	2.2	1.5	0.0	0.9	3.7	1.0	2.1	0.0	0.0	0.0	2.8	0.6	1.4	1.6	2.4	1.0	1.9	1.2
⑳	0.7	0.6	1.5	0.0	2.7	0.0		4.3	8.3	2.3	6.5	2.8	2.3	2.2	1.6	3.6	2.2	2.4	2.3

– 이 문항의 선택지로 제시하지 않았으나 기타 난에 적어낸 교육과정을 통계처리하기 쉽게 ⑯ 요리 ⑰ 컴퓨터 ⑱ 자동차정비 ⑲ 디자인 ⑳ 기타로 정리하였다. ⑳ 기타에는 게임, 건축, 마술, 사진, 금속공예, 바리스타, 방송, 영상 등이 필요하다고 응답한 학생들이 있었다.

– 2개까지 선택하도록 하여 조사한 '공립형 대안학교'의 대안 교

육과정을 선호도 순으로 살펴보면 〈실용음악〉 20.6%, 〈스포츠〉 15.7%, 〈뮤지컬, 연극〉 13.2%, 〈동물 기르기〉 9.0%, 〈댄스〉 6.0%, 〈회화, 조각〉 5.0%, 〈문학〉 5.0%가 5% 포인트 이상으로 나타났고, 이밖에 3% 이상인 과정은 〈클래식 음악〉 3.9%, 〈독서〉 3.9%, 〈철학〉 3.9% 정도였고 〈목공예〉 2.1%, 〈도자기 공예〉 2.8%로 응답하였다.